中公文庫

松前の花（上）

土方歳三 蝦夷血風録

富樫倫太郎

中央公論新社

目次

地図制作　高木真木

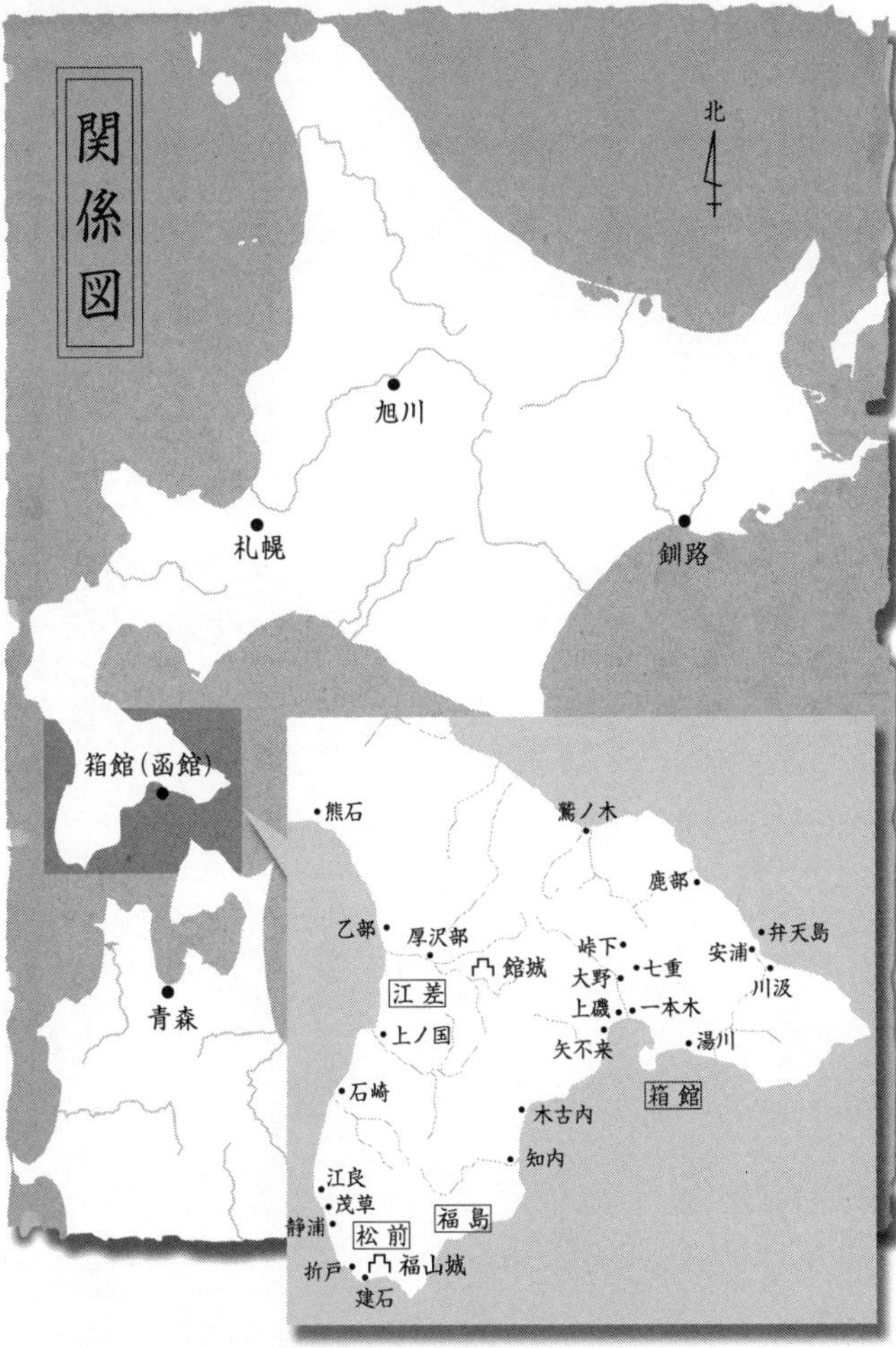
関係図
北
旭川
札幌
釧路
箱館(函館)
青森
熊石
鷲ノ木
鹿部
乙部
厚沢部
館城
峠下
七重
大野
上磯
一本木
弁天島
安浦
川汲
江差
上ノ国
矢不来
湯川
箱館
石崎
木古内
知内
江良
茂草
静浦
松前
福島
折戸
福山城
建石

松前の花（上）　土方歳三　蝦夷血風録

第一部　小野屋藤吉《おのやとうきち》

一

藤吉《とうきち》は、生アンコと砂糖を混ぜ合わせる手を休め、目に入った汗を手拭《てぬぐ》いでふいた。
指先でアンコをすくって嘗《な》めてみる。
（うーん、うめえ……）
藤吉が目を細める。
我ながら見事な出来映えだと思う。
が……。
次の瞬間には、
（客が来るわけでもねえのになあ……）
と気が付いて空《むな》しくなる。

朝早くから、せっせと仕事に励んだからといって客が来る当てはまったくない。

ここ一月ばかり、客数が激減しているのだ。

藤吉が畳の上から土間に降りる。

和菓子作りの作業のほとんどは畳の上で行われる。

土間で行うのは火を扱う作業だけだ。必要な材料も瓶《かめ》に入れて敷居際に並べてある。ただ、水瓶だけは土間の隅に置いてある。

藤吉は水瓶の蓋を開け、柄杓《ひしゃく》で水をすくう。

喉を鳴らして、ごくごくと飲む。

「うめえ」

思わず声が出るほどに水がうまい。

あまりうまいので立て続けに三杯飲む。

汗水垂らした後に飲む水というのは、どうしてこんなにうまいのであろうか。このうまさを味わうために、たとえ客が来なくても、毎日仕事を続けているのではないか、藤吉はそんな気がする。

とりあえず、アンコはできた。

そのアンコを何に使うかである。

貴重な食材を費やして拵《こしら》えるのだ。

無駄《むだ》にはできない。

藤吉は、上がり框《がまち》に腰掛けると、莨盆《たばこぼん》を手許に引き寄せる。

（本当は、雪餅《ゆきもち》を拵えたいんだがなあ）

藤吉が小さな溜息をつく。

和菓子作りというのは四季を映す鏡である。

二月ならば椿《つばき》餅、三月ならば雛《ひな》菓子、四月ならば桜餅というように、その季節を象徴するような様々な和菓子作りが行われる。これは平安の昔から変わらぬ日本の伝統といっていい。陰暦の十二月を雪月ともいうように、冬の和菓子作りの主題は、何といっても「雪」である。白いそぼろを雪に見立てた和菓子作りが行われるのだ。

（無理だよなあ……）

藤吉が莨の煙を吐き出す。

十二月の店頭に雪餅を並べることができないというのは、伝統のある和菓子屋にとっては屈辱といっていい。

しかし、雪餅は贅沢品だ。糯米《もちごめ》を使わなければならないし、アンコの素材も吟味しなければならない。黒アンコではなく、黄アンコを使うとなれば尚更《なおさら》だ。生地の間に混ぜる栗《くり》や柿も必要だし、真っ白なそぼろを拵える手間も並大抵ではない。どう考えても、今の小《お》野《の》屋には無理な相談なのである。

となれば、

（やっぱり、饅頭《まんじゅう》か）

ということになる。

考えるまでもなく、厨房にある食材では饅頭以外に作りようはない。それはわかっている。にもかかわらず、藤吉は、毎朝、アンコを拵えた後、一服しながら様々な菓子作りを思案・検討してから饅頭作りに取りかかるのである。

もちろん、饅頭を作ることができるだけでも幸せだということは承知している。

実際、女房のスミは、

「材料が無駄じゃないか」

と露骨に嫌な顔をする。売れ残った饅頭が無駄ではないか、日々の食料の確保すら難しいのに呑気《のんき》にアンコなどこねている場合ではないだろう、と小言を口にする。

「それが職人気質《かたぎ》ってもんだろうが」

藤吉は、精一杯の見栄を張るが、内心では、スミの言う通りだとわかっている。

スミは藤吉の見栄を鼻で笑いながら、晩飯時になると、

「もったいない、もったいない」

と売れ残った饅頭をパクパク食べる。

（でも、やめられねえんだよなあ……）

一日でも仕事をしないと、尻がむずむずしてきて落ち着かないのである。たとえ饅頭しか作ることができなくても小野屋の竈《かまど》の火を消すわけにはいかない、そんなことをしたらご先祖さまに顔向けできない、と思うのだ。

小野屋は松前《まつまえ》で和菓子を商《あきな》っている。

松前の和菓子というのは広く諸国に知られており、特に伊勢《いせ》屋の羊羹《ようかん》と三浦《みうら》屋のボーロは、藩主が参勤交代で出府の際に将軍家に献上することを習わしとしていたほどに有名であった。伊勢屋では羊羹だけでも九種類の品揃《しなぞろ》えがあり、他にも三十種類以上もの和菓子が売られていた。この時代には珍しいカステラのような南蛮《なんばん》菓子も常時店頭に並べられていたという。松前は、日本の辺境ではあったが、少なくとも菓子作りに関しては江戸や京都にも負けない先進地域であったといっていい。

小野屋は、伊勢屋や三浦屋のような大店《おおだな》ではなく、こぢんまりとした店ではあるものの、松前近辺では名前の知られた老舗《しにせ》であった。

「小野屋の饅頭でなければ食えない」

と言ってくれる顧客を何人も抱えていることが藤吉の何よりの自慢であり、誇りなのだ。

（さあて、やるか……）

莨盆を片付けると藤吉は立ち上がり、大きく伸びをした。饅頭作りの開始である。

ひと仕事を終えた藤吉が横になってうつらうつらしていると、

「あんた、大変だ！」

スミが血相を変えて飛び込んできた。

「何だ、やかましい」

「表に、表に……」

スミは、口から泡《あわ》を吹かんばかりの慌てようだ。

（まったく……）

藤吉が薄目を開ける。

スミは不器量な女で、慌てふためいて騒ぎ立てる顔は、おかめの面が口を尖《とが》らせているようで見苦しく、見慣れている顔ではあるものの思わず顔を背けたくなってしまう。

「落ち着けってんだよ。表が何だって言うんだ？　股引脚絆《ももひききゃはん》でも来たってのか」

股引脚絆というのは、旧幕府軍の歩兵を指す。

彼らを蔑《さげす》んで呼ぶ言葉だ。

「それだよ、それ！　その股引脚絆が店に来てるんだよ」

「なにいっ」

さすがに藤吉も驚いて飛び起きた。一度に眠気が吹っ飛んだ。

「主《あるじ》を連れてこいってさあ。あたし、どうしたらいいんだか……」

「な、何人だ？」

うろたえているのであろう。

藤吉の声も上擦《うわず》っている。

「五、六人だよ」

「どんな様子だ？」

「何がおかしいんだか、ゲラゲラ笑ってるよ」

「そうか、笑ってるのか」

少し安心した。

「あんた、何かしたのかい？」

「知るか」

深呼吸してから、藤吉は店頭に向かった。

二

小野屋の店先に股引脚絆姿の兵士たちが群れ集まって、何やら声高に騒ぎ立てている。

時々、どっと爆笑が起こる。険悪な雰囲気ではない。兵士たちは、上がり框に腰を下ろした差図役《さしずやく》を囲んで下品な冗談を飛ばし合っているのだ。一般の兵士たちと差図役の違いは服装でわかる。

「主でございますが、何かご用だとか」

板敷きに手をつき、藤吉が頭を下げる。

「おう」

総髪の差図役が藤吉に顔を向ける。

色白のつるりとした顔の男だ。やや下膨れだが、目尻が切れ上がって、口許に愛嬌《あいきょう》がある。役者にでもなれそうないい男であった。

「この店の自慢は何だ?」

「え?」

「何が一番うまいのかってことだよ」

「並べてある物は、何だってうまいです」

藤吉がムッとして答える。口にしてから、

(あ、まずい)

と慌てたものの、差図役は、別に気を悪くした様子もなく、店の中をじろじろと見回している。

「饅頭しかないようだが、つまり、この饅頭がこの店で一番うまいってことだな。どれ」

差図役が饅頭を手に取り、ぱくっと食いつく。

むしゃむしゃと饅頭を食い始める。

「ふうむ……。本当にうまいじゃないか。アンコがいい味だぞ。おれは、これでも饅頭にはうるさいんだ。うーん、もう食っちまった。どれ、もうひとつもらうか。見ていないで、おまえたちも食え」

「はい」

「では、遠慮なく」

「頂きます」

兵士たちが次々に饅頭に手を伸ばす。

「本当だ」

「うまい」

「うまい」

「うまい」

兵士たちも口々に饅頭の味を誉める。

たちまち棚は空になってしまう。

「よーし、決めたぞ。おまえに頼むことにする」

差図役が指先についたアンコを誉めながら藤吉に顔を向け、にっと笑う。前歯にアンコがついているせいで、妙に間抜け面に見える。

「パンを作ってくれ」

「へ？」

藤吉が小首を傾《かし》げる。

咄嗟《とっさ》には何のことかわからなかった。

「ぱん、でございますか？」

「そうだ」

差図役がにこやかにうなずく。

「えげれすの言葉では、ぶれっど、と言うんだ」

どうだ、オレも案外と物知りだろう、と差図役が胸を張ると兵士たちが大笑いする。うるさいくらいに陽気な男らしい。

（な、何なんだ、こいつは……）

藤吉は、内心、呆然としながらも、

「しかし、手前どもは和菓子屋でございまして、パンは置いてございませんが……」

営業用の笑みを口許に浮かべて答える。

「そんなこたあ、わかっとるわい。だから、作ってくれ、と頼んでるんだろうが。おまえ、パンを知らんのか？」

その物言いにカチンときて、

「パンは、もちろん、知っておりますが」

と、ぶっきらぼうに答えた。

「ああ、そうか。それなら作ってくれ」

差図役が立ち上がる。腰にぶら下げていた布袋を藤吉の前に置く。重みのある金属音がして、袋の口から黄金色の小粒がこぼれる。

「……」

藤吉が目を丸くする。

「二分金で百五十両ある。それでパンを作ってくれ。足りないようなら、城まで取りに来い。遊撃隊《ゆうげきたい》の人見《ひとみ》勝太郎《かつたろう》と言えばわかる。あ、そうだ。さっきの饅頭代もそこから取っておけよ」

「あ、あの、あの……」

藤吉が金の小粒を手にしてうろたえているうちに人見は兵士たちと共に往来に出てしまう。相変わらず、何がおかしいのか大笑いしている。

（何なんだ、これは？　どういうことなんだ、いったい……）

白日に悪夢でも見たような顔で藤吉が途方に暮れる。

その夜……。

布団の上で藤吉とスミが向かい合っている。

「あんた、どうすんのさあ」

スミは半ベソをかきながら、藤吉の袖《そで》を盛んに引っ張る。

「ねえったら、ねえ」

「うるせえ。今、考えてるんだろうが」

「何を考えるっていうのさ。まさか……」

スミが藤吉をじろりと睨《にら》む。

「引き受けようなんて考えてるんじゃないだろうね？」

「そんなこと、できるわけがねえだろう」

「それなら話は簡単じゃないか」

「どういう理由で断ろうか考えてるんだよ。下手なことを言って怒らせたりしたらまずいだろう」

相手を刺激しないで、うまく断る方法はないものかと頭を捻《ひね》っているわけであった。

「理由なんか、いくらだってあるじゃないの」

と、スミが不思議そうな顔で藤吉を見つめる。

「例えば？」

「パンの作り方がわからないとか」

「馬鹿にするな。パンくらい、作れなくってどうする」

「怒ることないじゃないの。うちは和菓子屋なんだから、パンの作り方なんか知らないって言えばいいんだよ。箱館《はこだて》にはパン作りの職人もいるっていうし、何もあんたが頼まれることなんかないんだよ」

「そりゃあ、そうだが……」

スミの言うことはもっともだと思うが、そういう理由を口にする気にはなれない。

（パンくらい、その気になれば作れるさ）

今までパンを焼いた経験はないが、同じ食べ物である以上、和菓子作りの名人である自分に作れないものなどないという自負がある。そんな理由を口にすることは、藤吉の矜《きょう》持《じ》が許さない。

「他にないか？」

「そうさねえ……」

スミが小首を傾げる。

「腕を折って仕事ができないっていうのは、どうだろうねえ」

「そんな嘘、すぐに見破られちまう」

「折ればいいじゃないの。何だったら、わたしがやってあげるよ」

「ふざけるな」

「ふざけてなんかいるもんか。命を取られることを考えれば、腕の一本や二本、どうってことないじゃないか」

「待て、待て」

スミが本気であることを知って、藤吉が慌てて手を振る。

「他に何か考えよう」

「あんた」

スミが怖い顔になる。

「首を刎《は》ねられてもいいのかい？　ここには……」

スミが腹を撫《な》でる。

「あんたの子供がいるんだよ」

二人にとって初めての子である。もう腹はかなり膨らんでいる。その一言で藤吉も覚悟を決めた。

「わかった。何としてでも断ってくる。もし、うまく断れなかったときは……」

藤吉が左腕をぽんぽんと叩く。

「この腕、叩き折ってくれ」

三

藤吉は夜明け前から起き出した。

「もう行くのかい？」

布団の中からスミが訊《き》く。

「いや、仕事だ」

「精の出ることだね。客なんか、来ないってのに」

「好きにさせてくれ」

「はい、はい」

スミは布団を被《かぶ》ってしまう。

パン作りを断ることに失敗すれば、藤吉はスミに腕をへし折ってもらう覚悟でいる。そんなことになれば、当然ながら、饅頭を作ることもできない。城に出かける前に、いつものようにきちんとした仕事をして、心残りのないようにしたいと藤吉は考えたのだ。

藤吉が竈に載せた鍋をじっと見つめる。

鍋で煮ているのは小豆《あずき》である。水につけて一晩寝かせた小豆だ。ぐらぐらと煮立ってくると、アクが出る。鍋の表面にアクが満ちると、一度、笊《ざる》に小豆を空ける。

もう一度、鍋に水を入れ、沸騰してきたら笊から小豆を鍋に戻す。またアクが出る。このアクを丹念にすくい取らなければならない。この作業で手を抜くと、アンコに苦味が残ってしまう。


アクを取りながら、小一時間も煮続ける。

指先で簡単に潰《つぶ》れるくらいに小豆が柔らかくなったら、火を止めて湯を捨てる。鉢に移して連木《れんぎ》で小豆を潰し始める。丁寧に小豆を潰す。額から汗がだらだらと流れ落ちるが、藤吉はそれを拭おうともしない。

普通、この後には、目の細かい笊を使って、すり潰した小豆を漉《こ》すという作業が入る。小豆の粒を細かく揃えるわけである。

だが、藤吉は、この作業をしない。手抜きをしているわけではなく、すり潰しの作業を丹念に長い時間をかけて行うことで、小豆を漉す必要がないくらいに細かく潰すのである。この段階で小豆がアンコに変わる。生アンコである。まだ砂糖を加えていないので甘くはない。単純だが骨の折れるこの作業が小野屋のアンコ作りのコツと言えるかもしれない。

(もういいか……)

生アンコを別の大鍋に移して水を張る。しばらくそのままにしておくと、生アンコが鍋の底に沈む。上澄みにはアクが混じっているので、これを捨てる。この作業を何回か繰り返すと色が変わってくる。黒ずんでいた生アンコが見事な藤色になる。アンコの善し悪しは、色を見ればわかると言われるほどで、黒いアンコには風味がなく、苦い。アク抜きした生アンコに砂糖を混ぜるとアンコの完成だ。

（できた）

額の汗を拭う。

ごくごくと水を飲む。うまい。いつものように三杯続けて飲む。

上がり框に腰を下ろして莨を喫《の》み始める。

一服すると、

（そろそろ行くか）

藤吉が腰を上げる。

四

店を出て、空を見上げる。どんよりと曇った空に粉雪がちらちらと舞っている。

（嫌な天気だ。吹雪になるかな）

藤吉が歩き出す。御髪《おぐし》山から吹き下ろす風は、骨の芯まで凍らせるくらいに冷たい。綿入れの胸元から風が入らないように藤吉が体を丸める。

師走である。例年ならば、商人たちが掛け売りの回収に忙しげに走り回っているはずだ。そんな風景も今年は見られない。人通りがほとんどないのだ。「北の京都」と呼ばれた、美しい松前の城下町は、戦火によって見るも無惨《むざん》に町並みが変貌してしまった。

慶応四年（一八六八）一月三日、鳥羽《とば》・伏見《ふしみ》の戦いが起こった。薩摩《さつま》・長州両藩を主力とする倒幕軍が幕府軍と激突したのである。

この戦いは薩長《さっちょう》軍が勝利した。

圧倒的な兵力を持つ幕府軍は淀《よど》で態勢の立て直しを図ったが、薩長軍が錦旗《きんき》をかざして進軍するのを見て寝返る藩が続出、幕府軍は総崩れとなって大坂に敗走した。

六日には幕府軍の総帥・徳川慶喜《とくがわよしのぶ》が朝敵となることを恐れ、開陽丸《かいようまる》に乗船して江戸に逃げ帰った。見捨てられた幕府軍も慶喜の後を追って江戸に向かったため、わずか数日で西日本は倒幕軍の支配下に入った。

江戸に戻った慶喜は、朝廷に対してひたすら恭順・謹慎の姿勢を示したが、朝廷はこれを許さず、七日に慶喜追討令を発するや、東海、東山、北陸、山陰の鎮撫《ちんぶ》総督を任命、直ちに征討軍を出発させた。

江戸の幕臣たちの間では主戦論が沸騰《ふっとう》し、慶喜に決起を促したが慶喜は耳を貸さなかった。自ら上野寛永寺《かんえいじ》に蟄居《ちっきょ》、朝廷の裁きを待った。

その結果、四月十一日、江戸城が無血開城された。

慶喜は水戸で謹慎を続け、徳川家は田安亀之助《たやすかめのすけ》が相続して駿府《すんぷ》で七十万石を与えられた。ここに徳川幕府は滅んだといっていい。

もっとも、戦争は終わったわけではない。

五月三日には奥羽《おうう》・越後《えちご》の二十五藩による奥羽越列藩同盟が成立。薩長に対抗する構えを見せたし、江戸には彰義隊《しょうぎたい》がいた。彰義隊は、その数二千とも三千ともいわれ、我が物顔で江戸を闊歩《かっぽ》していた。

だが、五月十五日、大村益次郎《おおむらますじろう》の指揮する新政府軍が彰義隊の籠《こ》もる上野を総攻撃し、一気に壊滅させた。これを境として関東における戦争は終息に向かい、戦線は北に移った。

列藩同盟を構成する東北諸藩と江戸を脱走した旧幕府軍が新政府軍と戦いを続けたが、戦況は芳しくなかった。八月下旬、新政府軍が会津《あいづ》若松城の攻撃を開始した頃から東北諸藩の足並みが乱れ始め、まず、秋田藩、米沢藩が降伏した。九月二十二日に会津若松城が落城した前後には仙台藩と南部藩が降伏し、事実上、列藩同盟は崩壊した。庄内藩だけが頑強な抵抗を続けたが、いつまでも単独で戦い続けられるわけもなく、二十七日には降伏に追い込まれた。

東北における戦争も終わり、日本全土が新政府の支配下に入ったといっても過言ではなかった。

これより前、七月十七日には江戸が東京と改称され、九月には慶応から明治へと改元されている。新しい時代が始まろうとしているのであった。

だが、それを受け入れない者たちが、まだ残っていた。

旧幕府軍の陸・海軍の兵士たちである。孤立無援であり、もはや、日本国中のどこにも身の置き所がないような状態ではあったものの、それでも彼らは降伏しようとはしなかった。東洋一といわれる艦隊が健在だったからだ。海軍力では新政府軍を凌駕《りょうが》していたのである。

庄内藩が降伏したとき、旧幕府軍は仙台の寒風沢《さぶさわ》にいた。

十月十二日、艦隊は陸軍部隊を満載して寒風沢を出航、翌日、宮古湾《みやこわん》に入った。ここで薪《まき》と石炭を十分に積み込み、十七日に出航した。

新天地を求め、進路を北に向けたのだ。

二十日、艦隊は、蝦夷地《えぞち》・鷲ノ木《わしのき》に姿を現した。

上陸した旧幕府軍の総兵力はおよそ三千三百、迎え撃つ箱館府の兵力は千三百ほどに過ぎず、しかも、諸藩の混成軍で統制が取れていなかった。

旧幕府軍の軍事力は強大で、貧弱な新政府軍をたちまち撃破、十月二十五日には箱館と五稜郭《ごりょうかく》を無血占領した。新政府軍は津軽《つがる》に逃亡し、もぬけの殻だったのである。こうなると、蝦夷地において旧幕府軍に敵対する唯一の勢力は松前藩ということになる。

旧幕府軍は、松前藩討伐のため土方歳三《ひじかたとしぞう》に七百の兵を与えて出発させた。これに対して松前藩の方でも福山《ふくやま》城を中心に兵を配置して徹底抗戦の構えを見せた。地の利を生かした松前藩軍は緒戦において幾つかの小さな勝利を手にしたものの、最新鋭の装備を持つ旧幕府軍にかなうはずもなく、すぐに防戦一方となった。

松前藩軍が城を捨て、江差《えさし》方面に逃走したのが十一月五日である。福山城を落とした旧幕府軍は松前藩軍を追って北上し、十五日には松前藩軍の最後の拠点である館《たて》城を攻め落とした。松前藩十三代藩主・徳広《のりひろ》は、わずかの兵に守られて、十九日夜、関内村から舟で津軽に逃亡し、残された藩兵たちは二十日に降伏した。

松前藩を屈服させたことで、蝦夷地は旧幕府軍の手中に帰した。

藤吉の足取りは重い。福山城に向かって歩いていくと、嫌でも焼け跡が目に付くからである。松前藩軍は福山城を捨てるに際して城下に放火した。この放火によって、俗に「御用火事」といわれる大火が起こった。このとき焼けた家屋は松前の四分の三に及ぶ。この明治元年当時、松前は戸数四千、人口二万といわれていた。被害の凄《すさ》まじさがわかるであろう。

松前という町は、背後が山で、前面は海である。

山と海に挟まれた細長い土地に町屋が密集しているわけで、城下町の本通りは海岸沿いに東西に走っている。商家も本通りに面して軒を連ねていたが、このときの火事でことごとく焼け落ちた。その焼け跡には、うっすらと白い雪が降り積もっており、雪掻《か》きをする者もいないので、かつての賑《にぎ》やかな城下町は、さながら荒野の如き様相を呈している。無事な姿をとどめているのは福山城だけで、遠目には、お城が雪の海に浮かんでいるように見える。もっとも、その福山城にしても近くから見ると、城壁のあちらこちらに生々しい砲弾や銃弾の痕《あと》が残っている。

藤吉は、福山城を目指して雪を踏み分けているのだが、うっかりすると雪の下に埋もれている焼け落ちた柱に蹴躓《けつまず》いて転んだりする。

(こんなことをしなくてもよかったのに……)

火を放ったのが松前藩軍だということが、いっそう心を沈ませる。昨日まで城下を守護する立場にいた者たちが放火して走り回る姿を藤吉も見た。制止しようとした町人が斬殺《ざんさつ》されたという話も耳にしている。そんな話はひとつやふたつではない。耳を塞《ふさ》ぎたくなるような話を幾つも聞いた。小野屋が焼けなかったのは運がよかったからに過ぎない。町の中心から外れていたので助かったのだ。

松前藩は負けるべくして負けた、と藤吉は思う。城下町への放火など、ただの悪あがきにすぎなかった。それは藤吉だけではなく、旧幕府軍との戦いを実際に目の当たりにし、家を焼かれた松前の民すべての本音であったろう。

昭和八年二月、松前懐古座談会が催されたとき、参加者たちの口から福山城攻防戦の実見談も披露《ひろう》されたが、それによれば、

「小具足に陣羽織の者、烏帽子《えぼし》をかぶった者、または金筋入りのはちまきをした者、兵卒は火縄銃に切袴《きりばかま》で草鞋《わらじ》がけという扮装《ふんそう》で、お城から御出陣という時は、法螺《ほら》の貝をブウーと吹いては太鼓をドンドン叩き、士《さむらい》大将の進めの号令でしづしづと繰出しました」

とある。

さながら戦国時代の合戦風景のようであった。

勇ましく出陣した松前藩軍だったが、いざ、戦争が始まると呆気《あっけ》なく敗北してしまう。

なぜかといえば、

「鉄砲を掃除して、玉をこめてフウッと縄を吹いたりして、ドンと一発撃つ間に、敵は新式の銃で五、六発も打って来る。こっちは具足等をつけているのに、あちらは股引、脚絆という身軽な扮装で、動作も敏捷《びんしょう》であったわけです」

しかも、箱館からは、旧幕府軍の軍艦・回天丸《かいてんまる》が陸上部隊の応援に駆け付け、艦砲射撃を行った。松前藩の方にも三十門の大砲があり、これで反撃を試みたものの、ほとんど役に立たなかった。

松前藩軍は、指揮官が、

「御用意召され、お引き召され、それ、お打ち召され」

と作法通りに号令をかけてから、ようやく砲弾を発射するという始末であった。

しかも、その砲弾というのがメロンのように丸い鉄の塊《かたまり》であり、射程が短すぎるために、ほとんどの砲弾が敵に届かず海に落ちた。たまに回天丸に届いても、ゴロゴロと甲板を転がって、やはり、海に落ちてしまった。

一方、回天丸の砲弾はガラナートと呼ばれる砲裂弾で、狙いも正確だったので、たちまち福山城に火災が発生し、松前藩軍には負傷者が続出した。松前藩軍が旧幕府軍に簡単に負かされてしまった原因は、要するに装備の差であったといっていい。

福山城の周辺は警戒が厳しい。

「あの……」

藤吉は、番所に詰めている歩兵に恐る恐る声をかけた。ごま塩を振ったような無精髭《ぶしょうひげ》を生やした中年の歩兵で、少し酒でも入っているのか、顔が赤い。

「何だ？」

「人見さまにお目にかかりたいのですが」

「人見さまだと？　どの人見さまだ」

「遊撃隊の人見さまなので」

「おまえ、隊長に何の用だ？」

「人見さまが手前どもの店にいらしてパンを注文なさいましたので」

「パン？」

「はい」

「おまえ、パン屋なのか？」

「いいえ」

　藤吉が手を振る。

「手前は和菓子屋なのですが……」

「和菓子屋が、なぜ、パンを作るんだ？」

「さあ……それが手前にもよくわからないのですが……」

「でたらめ言うと承知せんぞ」

「そんな……」

　藤吉が泣きそうな顔になる。

「嘘など申しておりません。本当に人見さまが手前どもの店にいらしたんです」

「ま、一応、聞いてみるか」

　と、つぶやいて少年兵を城内に走らせた。

「そこで待っとれ」

「はい」

藤吉は城壁の下にしゃがみ込む。

雪が少し強くなってきたようである。粉雪ではなく、水分の多い、べたっとした雪で、体につくとすぐに溶けてしまう。雨に濡れるのと同じだから、ひどく冷える。藤吉は白い息を吐きながら、霜焼《しもや》けで真っ赤にかじかんだ両手をこすり合わせる。

(何だって、こんな災難が降りかかってくるのだか……)

気が滅入《めい》ってくる。

東北戦争が終結したことも藤吉は知っている。旧幕府軍はまったくの孤軍なのだ。遠からず、新政府が討伐軍を派遣してくるであろう。もし、旧幕府軍の仕事を引き受けたりしたら、後々、新政府からどんなお咎《とが》めがあるかわからない、と暗い気持ちになる。

「おい」

歩兵が藤吉を呼ぶ。

「隊長が会うそうだ」

「ありがとうございます」

藤吉が慌てて立ち上がる。

「ついて行け」

「へえ」

歩兵に丁寧に一礼すると、少年兵に案内されて本丸に進んだ。城に入るのは初めてだ。

（まさか、お城に上がる日が来るとは思わなかった……）

何だか妙な気持ちである。雲の上を歩いているような、ふわふわとした足取りで廊下を渡っていく。

（もう少し、きちんとした格好をしてくればよかったかな？）

などと呑気なことを考える。いつもの汗臭い綿入れを着ているのだが、その姿でお城に上がることがあまりにも場違いな気がして落ち着かないのだ。

少年兵は藤吉を大広間に導いた。

「入れ」

「へえ」

大広間には、真新しい畳が何十枚も敷き詰められている。

（ああ、ここでお殿さまにご家来衆が謁見《えっけん》なさっていたわけか……）

藤吉は上気した顔で感心したが、上座に人がいるのを知り、

「あ」

と叫んで平伏した。

「おう、パン屋。よく来たな。遠慮しないでこっちに来い」

人見勝太郎が藤吉を手招きする。藤吉は、いつの間にかパン屋にされてしまっている。

藤吉がちらりと上目遣いに見上げると、

「こっちだ、こっちだ」

と、人見が両手をぐるぐると振り回している。

藤吉は、平伏したまま、畳の上を亀が這《は》うようにそろりそろりと人見に近付いていく。

人見は、ふっくらとした頰を、ぷっと膨らませ、得意そうに顎《あご》を撫でている。天保十四年（一八四三）九月の生まれというから、二十六歳になるはずだが、お城にこっそりと忍び込んでお殿さまの真似をしているいたずら小僧のようだ。

「へへーい」

藤吉は人見の前に改めて平伏し、額を畳に擦り付ける。

松前を占領した旧幕府軍について、藤吉は詳しいことを何も知らない。知っていることといえば、徳川艦隊を率いてきたのが榎本武揚《えのもとたけあき》であり、松前討伐軍を指揮していたのが新選組の土方歳三だということくらいである。

遊撃隊という組織を耳にするのも、人見勝太郎という名前を聞くのも初めてだったが、

（お殿さまのように振る舞うくらいに偉い人なのか……。やはり、偉い人は違う。人は見かけによらないものだ）

と驚いた。昨日、店先で人見を見たときには、ただの馬鹿としか思えなかったが、福山城の大広間に鎮座《ちんざ》する姿を見ると、何となく後光でも差しているような気がするから不思議であった。

「どうだ、パンはできそうか？」

「……」

すっかり圧倒されている藤吉には人見の声が聞こえなかった。

「おい、パン屋！　カエルじゃあるまいし、そんなに這い蹲《つくば》るな。顔を上げろ」

「へへい」

藤吉がちらりと人見を一瞥《いちべつ》する。

目があった。

慌てて、また平伏する。

「いい加減にしろ。おれは、パンはできるのか、と聞いているだけだぜ」

「あ、そのことでございます」

藤吉は、お城にやってきた目的を思い出し、大きく息を吸い込み、

（パンの作り方を知りません。そう言って断ればいいんだ）

ぐっと腹に力を入れた。

力みすぎたのか、ぷすっと放屁《ほうひ》した。

上座から、くくくっという小さな笑い声が聞こえた。

「え？」

藤吉の体から力が抜けた。

「藤吉、わたしです」

　人見の横にいるほっそりとした差図役が親しげに声をかける。

　随分と優しげな声で、

（まるで女のようだ……）

　と思いながら、藤吉がさりげなくその差図役の顔を見る。

「蘭子《らんこ》です。わからない？」

　突然、藤吉の顔色が変わり、

「あ」

　と叫んで仰《の》け反《ぞ》る。

「姫さま！」

「久し振りです、藤吉。元気そうで何よりです」

「姫さまも……」

　藤吉が唾《つば》を飲み込む。

「お変わりもなく」

「うそばっかり」

「へ？」

「蘭子は変わったでしょう？」

「……」

藤吉は黙り込むしかない。藤吉の記憶の中の蘭子は、美しい和服を着た清楚《せいそ》なお姫さまであった。髪も腰のあたりまで長く伸ばしていたはずである。

ところが、藤吉の目の前にいる蘭子は、男のように髪を短く切り、軍服に身を包んでいるのだ。お変わりもなく、と言えば嘘になる。正直に言えば、藤吉が仰け反るほどの変わり様なのである。

「まるで真昼に幽霊でも見たような顔ですね」

蘭子は、くすっと笑い、

「ほら、ちゃんと足もあるのよ」

と立ち上がって見せた。

「……」

藤吉は言葉を失ったままだ。

「お蘭、あまりパン屋をからかうな」

「つい懐かしくなったものですから」

蘭子がぺろりと舌を出す。

このあたり、まだ十七歳の少女なのである。

「藤吉、このたびのこと、ありがたく思います。おまえを推薦したのは、わたしなのですからね。小野屋の藤吉なら、パンくらい作れますよ、と。快く引き受けてくれて、わたしの鼻も高いというものです」

「へへい」

藤吉が慌てて畏《かしこ》まる。

「大変だと思いますが、できるだけ急いで下さいね」

「承知しました」

藤吉が平伏する。これでは何のためにお城にやってきたのかわからない。

五

「それじゃ、あんた、引き受けちゃったのかい？」

「仕方あるめえ。まさか、姫さまがいらっしゃるとは思わなかったんだ。姫さまからの直々のお頼みだ。断ることもできまいよ」

「だって、あんた……」

「うるせえ。もう、つべこべ言うな。そう決めたんだから、あとはやるだけだ」

藤吉は、梃子《てこ》でも動かないという顔をした。

「あーあーっ……」

スミは、溜息をつきながら台所に立つ。それでも、

「子供が生まれるっていうのにねえ。父無《てて な》し子は生みたくないもんさ」

と嫌みを言うのを忘れはしなかった。

もっとも、囲炉裏端《い ろ り》にごろりと横になった藤吉は、

(何だって姫さまがあんなところにいるんだろう？　それに、あの格好はどういうことだ……)

と、蘭子のことを考えているので、スミの嫌みも耳に入らない様子であった。城で蘭子に会ってから、ずっと考え続けている。

「ふうむ……」

肘枕をしながら、藤吉はキセルに莨を詰め、囲炉裏から火を取って喫み始める。

ぷかりぷかりと煙を吐き出しながら、

(何はともあれ、姫さまがご無事でよかった。亡くなった雄城《ゆう き》さまも、さぞ、お喜びになろうというものよ……)

と、藤吉は物思いに耽《ふけ》る。

蘭子は、松前藩の重臣・山下《やました》雄城の娘として生まれた。有能な行政家として知られていた雄城は、勘定奉行・寺社奉行などを歴任、優れた手腕を発揮した。

小野屋は、代々、和菓子屋として山下家の御用を請け負っていたから、藤吉にとって蘭

子は主筋といっていい。

(男の子のようなお姫さまだったな……)

幼い頃から蘭子はお転婆《てんば》で知られており、和歌や琴を嗜《たしな》むよりは、馬を駆って遠乗りしたり、道場で薙刀《なぎなた》を振り回していることの方が多かった。

「何と、はしたない」

と眉を顰《ひそ》める者も多かったが、父の雄城は決して蘭子を叱《しか》ったりせず、

「これからの時代、女だって、おとなしいだけでは駄目だ」

と、むしろ、男勝りの蘭子の振る舞いを喜んでいる様子だった。

そんなことを思い出すと、蘭子の男装というのも、それほど違和感がないような気がしてくるから不思議であった。

「うふふっ……」

福山城の大広間での蘭子との再会を振り返って、藤吉が幸せそうな思い出し笑いをする。

襖《ふすま》の陰からスミが様子を窺《うかが》っていることにさえ気が付かない。

(あの人、頭がおかしくなったんだ……)

スミは首を振りながら台所に戻った。

六

仕事場で藤吉は腕組みした。

（はて……）

（パンってのは、どういうものなんだ？）

人見勝太郎に、

「パンを知らんのか」

と言われて、

「もちろん、知っておりますが」

と答えたのは嘘ではない。

しかし、それはパンを見たことがあるという程度に過ぎず、実際には食べたこともない。

当然ながら、パンの作り方などわかるはずもなく、食べたことがないから、どんな味がするのかもわからない。そんな状態で、いきなりパン作りに取りかかろうというのだから藤吉も無茶であった。

パンが日本に伝わった歴史は古い。

十六世紀半ば、ポルトガル人が種子島《たねがしま》にやって来たとき、鉄砲と共にパンを伝えたといわれる。「パン」というのは、ポルトガル語なのである。

もっとも、その頃のパンというのは、例えて言うなれば饅頭のようなもので、「蒸餅」という漢字があてられていた。鉄砲やキリスト教の広がりと共に、パンも少しずつ普及したが、徳川幕府の鎖国政策によって異文化が締め出され、その後、キリスト教が禁じられるに至って、パンも消えた。わずかに長崎の出島などで外国人向けに焼かれただけである。

パンが見直されたのは幕末だ。

兵学者・高島秋帆《たかしましゅうはん》が軍用食としてのパンの有効性を唱えたのが嚆矢《こうし》という。

実際に、日本人がパンを焼いた最初と言われるのは、天保十三年（一八四二）のことで、窯《かま》を拵えてパンを焼いたのは江川太郎左衛門《えがわたろうざえもん》である。

きっかけは、阿片《あへん》戦争であった。

清国がイギリスの軍事力に粉砕されるのを見た幕府は、イギリスが日本にも攻めてくるのではないか、と怖れた。様々な海防策を講じる一方、イギリス軍が日本に上陸して地上戦になったとき、米を炊くと、その煙によって自軍の位置を敵に知られてしまうと考え、軍事用の携行食としてパン作りを始めることにした。江川がパン作りを命じられた。このときに作られたパンは、非常に固いもので、今の乾パンに近いものだったらしい。イギリスが日本を攻めることもなかったし、江川のパンがあまりうまくなかったせいもあって、パン作りの機運は萎《しぼ》んだ。

日本最初のパン屋という宣伝文句で横浜元町に中川屋嘉兵衛《なかがわやかへえ》がパン屋を開いたのが慶応三年（一八六七）のことで、それから間もなく、東京でも凮月堂や木村屋が営業を始めているが、この当時、パンはまだまだ珍味の部類に属しているといっていい。

（確か、白っぽい色をしていたな……）

藤吉は懸命に記憶を手繰《たぐ》る。

そもそも、その記憶というのがいい加減なのだ。

何年か前、箱館に住む外国人領事の一家が松前に来たことがある。その折り、ピクニックがてら、御髪山の山桜を見に出かけた。

「異人が来ている」

というので町民が総出で御髪山に向かった。

藤吉は異人などに興味はなかったのだが、スミがどうしても見たいと言い張り、藤吉も半ば引きずられるようにして出かけることになった。

小さな山は見物人でごった返していた。

黒山のような人だかりの中で、領事一家は白い敷物の上に行儀よく坐っていた。

異人たちの一挙手一投足を見逃すまいとする見物人たちは、ちょっとしたことにもどよめいた。

領事の妻がハンカチで洟《はな》をかみ、そのハンカチをポケットにしまうと、

「おお、異人も洟をかむぞ」

「あの鼻紙をどうするのじゃろう」

「大事そうに懐《ふところ》にしまったぞ」

と、わいわい騒ぎ立てる。

見物人たちの興奮が最高潮に達したのは昼食のときだ。幾つもの大きなバスケットから、見慣れぬ料理が次々と取り出され始めると、見物人たちは少しでも近くで見ようと領事一家に押し寄せた。護衛の松前藩兵たちが必死で見物人たちを押し戻そうとするが、群衆の勢いを止めることはできなかった。

フランスパンやサンドイッチ、チキンやパイといった料理を一家が口にするのを、見物人たちは固唾《かたず》を呑んで見守った。

中には、ほとんど額と額がくっつくほどに近付いた者もいて、さすがに礼儀正しい外国人たちも不快になったのか、何事かつぶやいてこの不届き者を睨み付けた。

すると、

「異人が睨んだぞ」

わーっと囃《はや》し立てる始末であった。

この騒ぎに閉口したのか、領事一家は昼食を終えると、ろくに花見もしないままに、荷

物をまとめてそそくさと引き揚げてしまった。

スミに引きずられて、そのとき見物に出かけたことが思わぬところで藤吉の役に立った。

（あのとき食べていたのがパンだろうな）

藤吉は外国人などには興味がなかったので、外国人が持参した料理を観察していたのである。見慣れない食べ物が幾つもあり、パンもそのひとつであった。

（ちぎって口に運んでいたな）

饅頭を大きくしたようなものを、外国人たちはぱくぱくと食べていた。中華料理にもアンコの入らない饅頭があるので、

（あれと似たようなものかな？）

と想像した。

藤吉がパンについて持っている知識というのは、その程度である。

（いくら考えてもどうしようもない）

藤吉が立ち上がる。

「ちょっと出かけてくる」

スミに声をかける。

「どこに行くのさ」

「すぐに戻る」

藤吉は綿入れを重ね着すると、さっさと家を出た。

七

藤吉は郊外に向かって歩いた。

相変わらず雪が多いので難渋する。

藤吉が目指しているのは、城の裏山を登ったところにある法源《ほうげん》寺である。法源寺の遼《りょう》海《かい》和尚は、松前一の物知りと言われている。

（和尚さんなら、パンのことを知っているかもしれない……）

そう考えて、藤吉はやって来たのである。

石段を登り詰めて山門を潜る。

境内に入ると、手拭いで頰被りをし、古臭い綿入れを着た寺男が雪掻きをしていた。

「和尚さんは、いらっしゃるかね」

何気なく藤吉が訊くと、

「ん？」

ひょいと顔を上げたのが遼海和尚であった。

「あ」

藤吉は、慌てて頭を下げる。

「何だ、小野屋の洟垂れか」

遼海は腰を伸ばすと、

「あーあ」

と大きな欠伸《あくび》をした。

「和尚さま、何をしていらっしゃいます」

「見ればわかるじゃろう。雪掻きじゃ」

「はあ」

見ると、山門から本堂や庫裏《くり》に至る辺りがきれいに雪掻きされている。雪掻きというのは、やってみればわかるが、かなりの重労働である。大の男でも四半刻（三十分）も雪掻きをすると、体中から汗が噴き出してきて、腕が重くなってしまうほどだ。これだけの雪掻きを、七十過ぎの遼海一人でやったとすれば、なるほど、藤吉が驚くのも無理はない。

（何と、お元気な……）

藤吉は驚き呆れ、

「他に雪掻きをする者はいないのですか？」

と訊かずにはいられなかった。

「朝、目が覚めて庭に出ると雪が積もっていた。だから、雪を掻いただけのことじゃ。雪掻きなど、誰がしても同じことではないか」

遼海は、こういう人柄なのである。

「何か、わしに用ではないのか？」

「あ、そのことでございます」

藤吉は、人見勝太郎からパン作りを命じられた経緯《けいい》を説明し、城で蘭子に会ったことも語った。遼海は、手拭いで汗を拭いながら藤吉の話に耳を傾け、

「蘭子殿が城にいることは知っている。雄城殿の墓参りに何度かここに来たからな。話もした」

「そうでしたか」

「わしは、復讐などやめた方がいいと説いたのじゃ。蘭子殿が手を下すまでもなく、邪《よこしま》な者たちには必滅の運命が待っている。そんなことに時間を費やすよりは自分の体を労《いたわ》るように勧めたのじゃが、蘭子殿の耳にわしの言葉は届かなかったらしい」

「体を労るとは？」

藤吉が問い返す。

しかし、遼海はその問いには答えず、

「そんなことより、おまえのことじゃ。そのパンとかいうものを何とかしないと困ったことになるわけじゃな？」

「はい」

藤吉が不安そうにうなずく。

「姫さまにどうしてもと頼まれたので引き受けてしまいましたが、そんなことをしても大丈夫なのでしょうか？　うちの女房も心配しておりまして」

「子細《しさい》あるまい。食べ物を納めるだけのことじゃ。やがて、官軍がやって来るであろうが、もし、そのことでお咎めがあるようなら、わしが口添えしてやろう」

「お願いします」

藤吉がぺこりと頭を下げる。

「パンのことじゃが……」

遼海が首を捻る。

「生憎《あいにく》と、わしも食したことはないのう」

「そうですか」

藤吉が肩を落とす。

「まあ、待て」

遼海は何か思い付いたらしく、

「わしが戻るまで雪掻きでもしておれ」

竹箒《たけぼうき》を藤吉に渡すと庫裏に入っていく。

（大丈夫だろうか……）

藤吉は、竹箒を手にしたまま、しばらく、ぼーっと突っ立っていたが、やがて、猛然と雪掻きを始めた。体を動かしている方が気が紛れるからだ。

たっぷりと汗をかいた頃になって、

「いいものを見付けた。こっちに来い」

庫裏から遼海が手招きする。

手の甲で額の汗を拭いながら藤吉が歩み寄ると、

「まず、体の汗を拭ってしまえ」

と、遼海が乾いた手拭いを渡してくれた。

藤吉が礼を言って手拭いを受け取る。

汗をかくと、すぐに汗が冷たくなって体温を奪うことになる。放っておくと風邪を引いてしまう。

「ありがとうございました」

手拭いを畳んで遼海の前に置く。

「寺の書庫に南蛮料理のことを書いた物があったはずだと思い出してな。ほれ、思った通りじゃ」

埃《ほこり》を払いながら、遼海が古ぼけた冊子を藤吉に差し出す。表紙がすっかり黄ばみ、黴《かび》が生え、ところどころ虫食いもある。

「先々代の住職が江戸に遊学したときに持ち帰った書籍のひとつじゃ」

「何と書いてありますので？」

藤吉が訊く。読み書きに不自由はないのだが、この冊子の表紙に書き記されている書体は見たことがない。それほど古い物だということなのであろう。

「ふむ、『南蛮料理書』と書いてある」

「え、南蛮の料理書ですか。では、パンの作り方が載っているでしょうか？」

「さあ」

遼海が首を捻る。

「わしも、これを開くのは初めてなんじゃよ」

遼海が冊子を開く。

ページをめくるたびに埃が舞い上がる。

やがて、

「あったぞ」

と、遼海が声を上げる。

「ありましたか」

「読んでみよう。『パンは夷人《いじん》の常食なり、その製法は次の通りなり。麦のこ、あまさけにてこね、ふくらかしてつくり、ふとんにつつみ、ふくれ申す時、やき申すなり』こう書いてあるな」

「申し訳ありませんが、もう一度、お願いできますか」

藤吉が懐から帳面を取り出し、舌先で筆を嘗める。

「いいか」

「はい」

藤吉がうなずくと、遼海はゆっくりと、さっきの箇所を読み始める。それを藤吉が帳面に写し取る。

「あの」

「何じゃ」

「それだけでしょうか？」

「他にはないようじゃのう」

ページをめくりながら遼海が言う。

「はあ……」

藤吉が泣きそうになる。

（たった、これだけ……）

という気持ちなのであろう。

「これではパンを作れないか？」

「どうも無理なようです」

「そうか。それは残念じゃな。では、どうする？」

「さあ、どうしたものか……」

「いっそ、西洋人に直接訊いてみてはどうかな？」

「西洋人にですか？」

「うむ」

遼海がうなずく。

「西洋人が食するものじゃ。あれこれと本などで調べるよりも、日々、パンを作って食している者に訊くのが早道のような気がするがのう」

「西洋人に知り合いはおりません」

「わしにもおらん。しかし、箱館には西洋人が数多く住んでいるではないか。探せば、一人くらい親切な西洋人がいるじゃろう」

「……」

藤吉が絶句する。

「箱館の知り合いの住職に手紙で問い合わせてやろう。檀家の中に一人くらい西洋人と伝《つ》手《て》のある者がいるかもしれん」

遼海はあくまでも楽観的だ。藤吉としても、

「お願いします」

と頭を下げるしかない。まるっきり雲をつかむような話だが、他に当てがあるわけでもなく、藤吉としては遼海に一縷《いちる》の望みを託すしかなかった。

八

遼海との話が終わり、山門を潜って坂を下り始めた藤吉だったが、ふと、石段の途中で立ち止まり、

(雄城さまの墓参りをしていくか)

と思い直した。

踵《きびす》を返して、もう一度、山門を潜り、今度は右手に進む。墓地に向かうのだ。

ぐるりと本堂と庫裏を回って寺の裏手に出る。

そこが墓地である。

墓地の南側は切り立った崖《がけ》になっており、松前城下を一望に見下ろすことができる。町並みの向こうには、黒くうねる冬の荒海が光っている。

墓地に入っていくと、

（お）

と、藤吉が足を止める。

墓地の奥に人影を見付けたのである。

雄城の墓前に誰かが蹲《うずくま》っている。

（姫さまではないか……）

蘭子に違いない。

偶然の出会いに驚きながら、藤吉が雄城の墓に近付いていく。さくっ、さくっと雪を踏む音に気が付いたのか、蘭子が顔を上げて振り返る。

「藤吉ですか」

「姫さま……」

「惨めなものですね」

鼻水をぐすんと啜《すす》り上げて蘭子が立ち上がる。

泣いていたのであろう。

「何がですか？」

「生きているときには、人も羨《うらや》むような出世をして、藩の重責を一人で背負っているように見えた父も、死んでしまうと、もう訪れる者さえなく、しかも、墓石すらないという有様なのですから……」

蘭子は悲しげに足下を見遣《みや》る。

そこに蘭子の父母が眠っているのである。

もっとも、墓といっても、土の盛り上がりに卒塔婆《そとうば》が立っているだけの、およそ墓ともいえないような代物だ。

「お言葉ですが、松前に住む者ならば、誰一人としてこのままでいいと思っているはずがありません。立派な墓を作り、香華《こうげ》を絶やさぬようにしたいと考えているはずです。しかし、監視の目が厳しく、それもかないませなんだ」

「そうですね。皆を恨《うら》むのは間違っていますよね。恨むとすれば正議隊《せいぎたい》、憎むとすれば下《しも》国東七郎《ぐにとうしちろう》。悪いのは、一握りの邪な者たちだけなのですから」

「……」

「たった今、父上に誓ったところです。必ずや、下国東七郎の首を墓前に持ってきます、と」

「姫さま……」

蘭子の怖い顔に藤吉が息を呑む。

ふっと、蘭子は表情を緩め、

「お墓参りに来てくれたの？」

「はい」

「そう。おまえはいつも優しかったものね。ありがとう、藤吉」

「とんでもない」

「父も母も小野屋のお菓子が大好きだった。父は小野屋の大福ほどうまい大福は江戸や京都にもないと口にしていた。わたしは、和菓子よりはカステイラとかボーロのような南蛮菓子の方が好きだったけれど……。何だか遠い昔のことのような気がする。ほんの何ヶ月か前のことなのに」

蘭子が藤吉から顔を逸《そ》らす。そのまま足早に墓地を出ていってしまった。藤吉は、身じろぎもせずに蘭子を見送るしかなかった。

藤吉は雄城の墓前に額《ぬか》ずき、じっと目を瞑《つむ》る。

（わたしは姫さまに何をして差し上げればよいのでしょうか？　世の中がひっくり返ってしまったようで、わたしのような者には何が何だかさっぱりわかりません……）

藤吉は、心の中で雄城に話しかけながら、ここ数ヶ月の、まさに天地がひっくり返ったような松前の大騒動を思い返した。記憶を辿《たど》るだけで、鼻の奥に血の匂いがするように血《ち》腥《なまぐさ》い記憶であった。

一月七日、徳川十五代将軍・慶喜に対する追討令が発せられ、同時に幕府の領地をすべて没収して新政府の直轄地となし、判事・知事を派遣して治めることが決定された。

蝦夷地に関しては、箱館裁判所（後の箱館府）が設置され、総督（後の箱館府知事）として清水谷公考《しみずだにきんなる》が任命された。閏《うるう》四月五日のことである。

この頃、箱館には幕府の箱館奉行所が置かれ、蝦夷地を支配していたが、実際に蝦夷地の警備を受け持っていたのは幕府ではなく、津軽・秋田・南部・庄内・仙台・会津の東北六藩、それに蝦夷地に領地を持つ松前藩であった。

東北六藩は、奥羽越列藩同盟の結成に見られる如く、新政府に敵対する姿勢を鮮明にしており、箱館府の開庁を知ると、蝦夷地に派遣していた藩兵を続々と引き揚げ始めた。

慶応四年の四月頃といえば、新政府軍は江戸城に無血入城したものの、関東以北は依然として幕府の強い影響下にあり、幕府の陸海軍が無傷のまま新政府軍と対峙《たいじ》している頃である。とても蝦夷地などに守備兵を差し向ける余裕はなかったのである。

自然、新政府としては松前藩を頼らざるをえない。

さて、その松前藩である。

藩主・徳広以下、ひたすら新政府への恭順の姿勢を崩さず、藩を挙げて総督一行を歓迎する態度を示した。蘭子の父・山下雄城など、頼まれもしないのに京都に上り、総督一行の道案内役を買って出たほどである。閏四月二十六日に総督一行は箱館に入り、五月一日には箱館府が開庁している。

松前藩の忠勤振りは、それだけではない。

前藩主・崇広《たかひろ》の子、敦千代《あつちよ》に一隊をつけて京都に上らせて御所の警備に当たらせたのを始め、秋田の東山道鎮撫軍に六千両を献金、更に箱館府の置かれた五稜郭にも警備の兵を差し出した。松前藩の姿勢は健気《けなげ》なほどであり、これくらい熱心な勤王藩は他にないほどであった。

が……。

内実はそれほど単純ではない。

実際には、松前藩内部では佐幕派と勤王派が激しく対立しており、藩論はまとまっていなかった。

ただ、藩主・徳広は勤王の志が篤《あつ》かったので、新政府に金や兵を差し出したのである。概して、佐幕派には藩の重臣が多く、勤王派には若手藩士が多かった。勤王派は箱館府の設置を契機として、一気に藩論を勤王で統一しようと図り、佐幕派は東北諸藩と足並みを揃えて新政府に対抗しようと図っていた。

当然ながら、佐幕派はこの動きを苦々しく見ていたわけで、病弱の藩主・徳広に代えて敦千代を擁立しようという動きを活発化させた。一方、勤王派はあくまでも現藩主を守ろうとする。松前藩における佐幕派と勤王派との対立は、世継ぎ問題も絡んで泥沼《どろぬま》化していったのである。

そもそも松前藩というのは、伝統的に佐幕色の濃厚な藩といっていい。蝦夷地防衛という特殊な任務を与えられていたために、外様であるにもかかわらず、二百六十年に及ぶ徳川時代を通じて幕府から手厚い保護を受け続けてきた。それに応えるように、徳川時代を通じて、松前藩は一貫して幕府に従順であった。

特に前藩主・崇広は熱狂的な幕府擁護論者であり、開国主義者でもあった。自身、英語を学び、英国製の金時計を持ち歩き、ヨーロッパから輸入した機械を多数保有していたという。自分が西洋好きであるだけでなく、家臣たちもそうであることを望み、洋学の研究を奨励した。尊王攘夷主義者にとっては悪夢のような大名だったといっていい。

崇広は幕閣でも重んじられ、外様大名としては異例ともいえる老中にまで出世した。海陸軍総奉行として二度にわたる長州征伐を指揮したのも、この男である。

幕末、崇広ほどに幕府贔屓《びいき》の大名は少なかったし、松前藩ほど熱心な佐幕藩も他になかったといっていい。これほどの佐幕藩が勤王藩の優等生として生まれ変わった最大のきっかけは、崇広の死である。

崇広が亡くなったのは慶応二年（一八六六）四月二十六日、まだ三十八歳の若さであった。

時代が大きく変わろうとするときに、この英雄的な藩主が亡くなったことで松前藩は混乱した。

独裁者であった崇広の後を継いだ徳広は、結核と痔《じ》を重く病んでおり、ほとんど寝たきりの状態であった。家臣たちにとって眩《まぶ》しいばかりの存在であった崇広と比べると、徳広はあまりにも対照的な存在であったろう。

徳広が新政府に積極的に協力する姿勢を示したことで、藩としての勤王の立場を対外的に明らかにすることになったが、重病の徳広は、日常の政務は重臣たちに任せきりという状態で、しかも、重臣たちは揃って佐幕派である。それも当然で、この重臣たちは崇広に抜擢《ばってき》された者たちなのだ。

徳広の病の悪化を見て重臣たちは隠退を勧め、徳広もその気になった。後継者としては崇広の子・敦千代以外にはありえなかった。言うまでもなく、敦千代が藩主の座につけば、松前藩は、勤王から佐幕へと再び方針転換することになる。

勤王派が、これを黙ってみているはずがない。

松前藩勤王派を正議隊という。

正議隊は行動を起こした。

慶応四年（一八六八）七月二十八日、新田千里《にったちさと》、下国東七郎、松井屯《まついたむろ》、鈴木織太郎《すずきおりたろう》らを中心とする正議隊の隊士三十八名が病床の徳広に謁見を求め、佐幕派を弾劾《だんがい》し、勤王による藩論統一を求める建白書を提出した。

表向きは建白だったが、実際には恫喝《どうかつ》といっていい。クーデターである。

病床の徳広の枕頭で建白書が読み上げられ、読み終わると下国東七郎が、

「殿、よろしゅうございまするな」

と膝を進めた。

徳広は高熱に浮かされ、うわごとを口走っており、ほとんど思考能力を失っていた。建白書の内容を理解できる状態ではない。

東七郎は大きくうなずくと、

「殿は了解せられた」

と一同に宣言した。

その場にいた者たちが証人であった。

正議隊の隊士たちと医者である。

「よいな」

と、東七郎が目を怒らせて凄《すご》むと、青い顔をした医者も黙ってうなずくしかなかった。

建白書に従って、隔離された病室から藩政改革の布告が矢継ぎ早に出された。崇広以来の佐幕派の重臣たちは役職を免じられ、謹慎を命じられて、ことごとく失脚した。代わって、政権の中枢に登用されたのは勤王派である。

もちろん、佐幕派も黙っていたわけではない。

登城し、徳広に面会しようとしたが、徳広の病室は正議隊によって厳しく監視されており、誰も近付くことができなかった。

「殿に会わせてもらいたい」

という佐幕派の申し出を、

「誰も通してはならぬというご命令である」

と一蹴《いっしゅう》した。

無理押しすれば、斬り合いになる。

数を比べれば、正議隊は佐幕派にはかなわない。

だからこそ、三十八名の隊士は決死の覚悟であり、腹を括《くく》っていたといっていい。全員が闘死も辞さぬという剣幕で佐幕派に対峙したのだ。佐幕派の方は正議隊に比べると及び腰であった。その差が両派の明暗を分けた。

正議隊の行動は迅速《じんそく》であった。

佐幕派を政権から追うだけでは満足せず、その存在そのものを抹殺《まっさつ》しようとして、凄惨《せいさん》な粛清劇《しゅくせい》を開始した。正議隊の一団は佐幕派を襲い、これらを次々に処刑、あるいは自刃せしめたのである。松前勘解由《かげゆ》、蠣崎監三《かきざきけんぞう》、関左守《せきすけもり》といった重臣たちを始めとして、佐幕派と見なされた十数人が血祭りに上げられた。

山下雄城の屋敷にも正議隊がやって来た。

八月一日のことである。

正議隊のやり方を快く思わない者が、

「間もなく正議隊がやって来ますぞ」

と事前に知らせてくれた。

このとき、たまたま雄城は外出中で、屋敷には妻のおこんと蘭子しかいなかった。

「蘭子、賊徒《ぞくと》どもが押し寄せてきますぞ」

普段、物静かなおこんが、このときばかりは血相を変えて蘭子の部屋に飛び込んできた。

蘭子は、

「わたくしは平気でございます。何もやましいことはないのですから、逃げ隠れするつもりはありません」

と顔色も変えなかったというから気が強い。

しかし、

「わたしたちが囚《とら》われの身となれば、お父上にもご迷惑がかかりましょう」

と、おこんに諭《さと》されると、蘭子も、そうかと気が付いた。正議隊は母娘を人質にするかもしれなかった。それくらいのことをやりかねない連中なのだ。

「どうすればいいでしょうか？」

「逃げましょう」

二人は廊下に飛び出したが、すでに玄関の方から大きな声が聞こえてくる。逃げる余裕はない。

咄嗟に、

「では、あそこに」

蘭子は池を指差し、ざぶんと池に飛び込んだ。

「さあ、お母さまも」

「わかりました」

おこんも池に身を沈め、大きな石の陰に隠れた。

そこに廊下を踏みならして正議隊が現れた。

案内も請わず、土足で踏み込んできた正議隊の隊士たちは、皆、抜刀していたというから、最初から雄城を暗殺するつもりだったのであろう。

正議隊は、一時間ほど屋敷の中を探し回って引き揚げた。おこんと蘭子が池から上がって母屋に戻ると、まるで盗賊にでも襲われたように屋敷が荒らされていたという。

出先で変事を知った雄城は、屋敷には戻らず、そのまま行方をくらますことにした。佐《さ》渡《ど》屋という廻船問屋に身を隠したのである。

佐渡屋の主は雄城を土蔵の二階に潜ませた。主は、秘密を妻にしか知らせず、一日に二度、雄城の食事を妻に運ばせた。

正議隊は雄城の行方を必死に探した。

電光石火の行動によって佐幕派の重臣たちを粛清し、藩政の実権を握ったものの、依然として佐幕派は多数派であり、勤王派が少数派であるという構図に変わりはない。もし、吸引力のある人物が佐幕派を糾合《きゅうごう》すれば、形勢が逆転する心配もあった。人望と政治力を併せ持つ雄城は、正議隊が最も恐れる男だったのである。

だからこそ、正議隊は雄城の行方を血眼で追ったのだ。

このあたりの事情は『蝦夷錦《にしき》血潮《ちしお》之《の》曙《あけぼの》』に次のように記されている。

「(正議隊は)海関に命じて出航を止め、また両道の関を閉じさせた。山沢に入り草野を分けても(雄城を)捜し出すべしとのことである。雄城の所在を告げた者には褒美を与えるが、雄城の潜伏に協力した者は厳罰に処す」

厳罰というのはもちろん、死罪を意味する。

山下家に出入りしていた商人たちも取り調べを受け、家探しされた。藤吉の小野屋にも正議隊はやって来た。正議隊の捜索は念入りで執拗で、文字通り草の根を分けても雄城を探し出そうとしたのである。

正議隊は、雄城の身分を士族から百姓に落とすことまでした。そのせいで、「山下雄城」ではなく、ただの「幸作《こうさく》」として罪人扱いされることになった。

雄城が行方をくらまして一ヶ月くらい経つと、正議隊、特に下国東七郎が痺《しび》れを切らし、

「幸作が見付からぬのならば、妻子を捕らえよ」

と命じ、おこんと蘭子が捕らえられた。一度は池に隠れて難を逃れたものの、二度目は

うまくいかなかったのである。

　ある日、おこんと蘭子が監禁されている場所に下国東七郎が現れた。

　東七郎は、ひどいあばた面をしており、目が細い。

　その目を、更に細めて二人を見つめると、

「安心せい。幸作めは、まだ逃げ回っておるわ」

「この恥知らず！」

　おこんは心労が祟《たた》ってすっかり衰えていたが、蘭子には東七郎を罵《ののし》るだけの元気が残っていた。

「ほう、これは妙なことを言う。恥知らずとは幸作のことであろうが。こそこそと逃げ隠れしおって。何もやましいことがないのならば姿を現して正々堂々と申し開きをすればよいのだ」

「何をぬけぬけと。どうせ、父を殺すつもりなのでしょう」

「罪のない者を殺すはずがない」

「嘘つき！」

「おい」

　東七郎がじろりと蘭子を睨み付ける。

「調子に乗るなよ。いくら女とはいえ、面と向かって嘘つき呼ばわりするとは許せん。おまえが男ならば、この場で切り捨てるところだ」

「だって本当のことでしょう。父上に受けた恩義を仇《あだ》で返すとは、それでも武士ですか。胸に手を当てて、何も恥ずべきことがないかどうかよく考えるといい」

蘭子が燃えるような目で東七郎を睨み返す。

「小娘がわかったようなことを言いおって」

東七郎がぎりぎりと歯軋《はぎし》りする。

よほど腹を立てている証拠に、東七郎の手が刀にかかっている。

「……」

「……」

二人が睨み合う。

どちらも目を逸らそうとしない。

先に目を逸らしたのは東七郎であった。

こんなところで十七歳の少女を斬殺したところで自分が笑い者になるだけだと悟ったのであろう。見張りの隊士に、

「しっかりと見張れよ。女だからといって手心を加える必要はない」

と不快そうに言い捨てると、東七郎は立ち去った。

その東七郎の背中を見ながら、

（この男だけは許せない……）

と、蘭子は思った。

下国東七郎。

文政八年（一八二五）九月生まれというから、このとき四十三歳である。

幼い頃から利発で知られ、神童と呼ばれるほどに学問ができた。十八歳で藩主の近習に取り立てられ、二十三歳のとき江戸留学を命じられた。

江戸では、佐久間象山《さくましょうざん》からオランダ語、砲術、築城術を、川本幸民《かわもとこうみん》から物理学を、杉《すぎ》田成卿《たせいけい》から兵書を学んだ。いずれも当代一流の学者たちであり、このことからも松前藩が東七郎にどれほど大きな期待をかけていたかがわかる。

江戸で学ぶこと数年、といっても講義に出ることは稀《まれ》で、遊興に耽ることが多かったという。

だが、試験では常に最上位を維持していたというから、やはり、並の秀才ではない。

東七郎は己の才に溺《おぼ》れた。遊興にのめり込んで大きな借金を拵え、二進《にっち》も三進《さっち》もいかなくなった揚げ句、苦し紛れにとんでもない大事件を起こした。

詐欺《さぎ》を働いたのである。

東七郎は、学問を通して秋田藩佐竹《さたけ》家の重臣と知り合いになった。

黒船騒ぎなどもあって、海防の必要が盛んに議論されていた頃である。大砲を製造し、沿岸に設置しようという計画が秋田藩で持ち上がった。

それを耳にした東七郎は、

「わたしにお任せ下され。立派な西洋式の大砲を作って差し上げましょう」

と言葉巧みにこの重臣を騙《だま》し、手付け金と称して秋田藩の公金五百両を巻き上げた。秋田藩が東七郎を信用し、五百両もの大金を簡単に預けたのは、東七郎が師である佐久間象山の名前をうまく利用したことと、松前藩主の近習という東七郎の立場を信用したせいであろう。

五百両は瞬く間に遊興に消えた。

東七郎に西洋式の大砲など作れるはずがない。

当然、詐欺がばれる。

ばれないはずがない。

それがわかっていながら、東七郎は逃げも隠れもせず、いつもと変わらぬ生活を送っていた。藩邸に呼び出され、

「これは事実か」

と江戸家老に問い質《ただ》されたときも、別に慌てるでもなく、

「身に覚えがございます」

平然と答え、騙されたことを知った秋田藩の重臣が自害したと聞かされても、

「なぜ、死ななければならないのか。たかが金のことではないか」

と小首を傾げていたというから、東七郎という男は天才の器ではあっても、器の底に穴が空いている、という人間だったのであろう。

歴とした藩士の犯罪である。

松前藩は秋田藩に対して平身低頭せざるをえない。

五百両の弁済を約束したことはもちろん、秋田藩側で自害した者まで出ている以上、松前藩としても東七郎に切腹を命じざるをえない。

これに待ったをかけたのが雄城であった。

「一度くらいの過ちで散らせてしまうには惜しい男でございます。下国が心を入れ替え、その才を藩のために捧げようとすれば、いずれは我が藩を背負って立つほどの男になるやもしれませぬ」

雄城は東七郎の才を惜しみ、東七郎の助命嘆願に奔走し、ついには藩主にまで掛け合ったのである。誰に頼まれたわけでもなく、

（いずれ松前藩でも下国のような男が必要になる）

という雄城自身の判断によって行動したのだ。そのおかげで東七郎は切腹を免れた。東七郎にとって、雄城は命の恩人ということになる。

東七郎は松前に送り返されて座敷牢《ざしきろう》に入れられた。

この囚人生活は、万延元年（一八六〇）から慶応四年（一八六八）二月に赦免されるまで足掛け九年に及んだ。

座敷牢を出た東七郎が正議隊に加わり、八月に決起するまでわずか半年である。自分を牢に繋いだ藩の重臣への憎悪が東七郎を勤王派に走らせたといっていい。その行動には、命を助けてもらったという感謝の念など、かけらもない。東七郎は、暴走する正議隊の先頭を走り、重臣たちを次々と血祭りに上げたのである。

雄城の行方はわからなかった。

業を煮やした東七郎は、ついに、

「三日以内に姿を現さなければ、身代わりとして妻子を処刑する」

と城下に布告した。

これは、ただの脅しではない。

実際、用人・関左守の弟である賜《たまう》は、左守の身代わりとして殺されている。

この布告は、おこんと蘭子の耳にも入った。

「いいですか、蘭子。父上は、藩のために必要な御方です」

もし、雄城が姿を見せず、その身代わりとなって処刑されることになっても雄城を恨むな、とおこんは暗に諭したのである。

「はい。父上のお役に立てるのなら、蘭子はいつでもこの命を差し出す覚悟でおります」

蘭子もきっぱりと言い切った。

しかし、雄城は妻子を見殺しにできるほど非情な男ではなかった。逃亡五十四日目の九月二十四日、雄城は姿を現したのである。

雄城は正議隊によって逮捕投獄され、翌二十五日、獄内で縊死《いし》して果てた。着衣を裂いて紐《ひも》をより、首をくくった、と発表された。享年四十三。

わすらめや夢路をたどる夢の人
　　　　夢の世にある浮雲の宿

という辞世の句がある。

おこんと蘭子は釈放されたが、おこんは心労が祟って病の床につき、それから間もなく雄城の後を追うように亡くなった。

蘭子一人が残った。両親を一度に亡くし、蘭子自身、生きていくのが嫌になるほどに嘆き悲しんだ。

実際、衝動的に喉を突いて両親の後を追おうとしたが、

「おまえが死ねば山下家はなくなってしまうぞ」

と親戚の者たちに諭されて思い直した。

しばらくして、

「どうも山下さまは殺されたらしい」

という噂《うわさ》が流れた。噂の真偽を確かめるため、蘭子は獄吏《ごくり》に金を与え、雄城が亡くなった夜の事情を聞き出した。

「ええ、本当の話です。首をくったわけじゃありません。斬られたんですよ」

「え」

しかも、雄城を斬殺したのは下国東七郎だという。

逮捕された雄城の様子を見に来た東七郎を雄城が面罵《めんば》し、激しい言い争いになった揚げ句、激昂《げっこう》した東七郎が刀を抜いたのだという。東七郎は獄吏たちに口止めして、雄城が首をつったことにしたのだ。

(父上、さぞ、無念でありましたろう……)

雄城の胸中を思い遣って蘭子は泣いた。

悲しみが怒りと憎しみに変わるのに、さして時間はかからなかった。

(下国東七郎をこの手で討ち果たし、父上の無念を晴らす)

という決意を蘭子が固めたのは、このときであった。もう家のことなど、どうでもよかった。東七郎の首を奪《と》らなければ雄城もおこんも成仏できまいし、何よりも蘭子自身が我慢ならなかった。

十月の初め、蘭子の姿が松前から消えた。

一説によると、蘭子は夜道で東七郎を襲ったものの失敗し、逆に東七郎に命を狙われるようになったので逐電したという。

第二部　蘭子

一

明治元年（一八六八）十二月十五日、五稜郭《ごりょうかく》において旧幕府軍は入札によって諸役を選出した。

総裁　榎本《えのもと》武揚《たけあき》
副総裁　松平《まつだいら》太郎《たろう》
海軍奉行　荒井《あらい》郁之助《いくのすけ》
陸軍奉行　大鳥《おおとり》圭介《けいすけ》
陸軍奉行並　土方《ひじかた》歳三《としぞう》
箱館《はこだて》奉行　永井《ながい》玄蕃《げんば》

箱館奉行並　中島三郎助《なかじまさぶろうすけ》
開拓奉行　沢太郎左衛門《さわたろうざえもん》
会計奉行　榎本対馬《えのもとつしま》
松前《まつまえ》奉行　人見勝太郎《ひとみかつたろう》
江差《えさし》奉行　松岡四郎次郎《まつおかしろうじろう》
歩兵頭　本多幸七郎《ほんだこうしちろう》
歩兵頭並　星恂太郎《ほしじゅんたろう》
歩兵頭並　渋沢成一郎《しぶさわせいいちろう》
歩兵頭並　伊庭八郎《いばはちろう》
歩兵頭並　三木軍司《みきぐんじ》

ここに蝦夷《えぞ》政府が成立したといっていい。

入札に続いて、蝦夷地平定の祝賀会が行われ、箱館駐在の各国領事や欧米の軍艦の艦長、箱館の名士たち数百人が招かれた。

テーブルには豪華な酒肴《しゅこう》が並べられ、酒類もビール、ワイン、ウィスキー、ウォッカ、日本酒など豊富に揃《そろ》っている。総裁・榎本武揚の挨拶が終わると、後は無礼講の懇親会だ。

榎本自身、ワイングラスを片手に会場をゆっくりと歩き回りながら、誰にでもきさくに声をかけ、列席者たちの祝いの言葉ににこやかにうなずいた。

が……。

これは、ただのパーティーではない。

蝦夷政府は、諸外国による政権の承認を最優先課題としていたから、この祝賀会は単なる儀礼の場ではなく、重要な外交折衝の場なのだ。

榎本を始めとして、蝦夷政府の首脳たちは外国語に堪能なエリート揃いであり、通訳に頼ることなく領事たちと会話を交わすことができる。大鳥圭介や中島三郎助が英語やフランス語で領事たちと熱心に話し込んでいる。

何気なく周囲を見回して、壁際にぽつんと所在なさそうな様子で突っ立っている男に榎本の目が止まった。土方歳三であった。

（まあ、あの人には退屈だろうな）

元・新選組の副長であり、幕府の瓦解《がかい》直前には寄合席格という高位に昇り、蝦夷政府においても陸軍奉行並という要職にある土方だが、元々は武州多摩郡石田村の農家の四男坊に過ぎない。蝦夷政府の幹部の中で土方歳三だけが刀一本で今の地位にいるといっていい。外国語が当たり前のように飛び交う祝賀会など、土方にとっては気詰まりで居心地が悪いに違いなかった。

榎本が口許に笑みを浮かべる。冷笑ではなく、暖かみのある笑みだ。

榎本は土方のことが嫌いではない。京都における新選組の活躍は無論のこと、鳥羽《とば》・伏《ふし》見《み》以来の土方の戦《いくさ》振りを榎本はよく知っており、

(陸の戦は、土方さんに任せておけば大丈夫だ)

というくらいに信頼している。

だからこそ、松前藩討伐も土方に任せた。もし、榎本に任免権があったならば、陸軍奉行は大鳥圭介ではなく、土方歳三になっていたはずだ。

「土方さん」

榎本が土方に声をかける。土方がじろりと不機嫌そうに顔を向ける。

(なるほどな、これでは誰も近寄らないはずだ)

とても気軽に声をかけられる雰囲気ではない。

大抵の者は、土方の眼光の鋭さに恐れをなしてしまうに違いない。会場は混み合っているのに、土方の周囲だけにぽっかりと不自然に空間ができている理由が榎本にわかった。

もっとも、土方は機嫌が悪いわけではないらしい。

その証拠に、声をかけてきたのが榎本だとわかると、

「ああ、榎本さん」

土方が口の端を歪《ゆが》める。愛想笑いのつもりらしい。

「どうですかね？」

榎本が訊《き》く。

「何がです？」

「いや、祝賀会ですが、みんな、楽しんでくれてますかね」

「さあ、他人のことはわかりませんね」

「土方さんは、どうです？」

「わたしのことなんか、どうでもいいでしょう」

「楽しいですか？」

「ええ、楽しいですよ」

「それなら、少しは笑えばいいのに」

「……」

本音を言えば、

（これがおれの地顔さ）

ということなのだろうし、無口なのも昔からの性分で、今に始まったことではない。

「本当は退屈なんでしょう」

「ええ」

悪びれた様子もなく土方がうなずく。

「ははは、正直でいいや」

「すいません」

土方がコップを口に運ぶ。

「何を飲んでるんですか？」

「酒です」

「ふうん、日本酒か」

榎本はテーブルからワイングラスを取ると、

「せっかく、いろいろな飲み物があるんだから、たまにはワインでも飲みなさいよ」

ほら、と土方の手にワイングラスを押し付けると、榎本がワインを注ぐ。

「日本の酒でも外国の酒でも酒は酒じゃないですか。大した違いなんかありませんよ。慣れればうまいもんです。料理もいろいろ試してみるといい」

「はあ……」

仕方なくワインを口に含む。

「どうです、うまいでしょう？」

「……」

黙ったまま小首を傾《かし》げる。

そこに、

「総裁」

と、差図役《さしずやく》が榎本を呼びに来た。

「イギリス領事閣下がご挨拶したいと申されております」

「うむ」

蝦夷政府の顔である榎本は忙しい。

あちらこちらから声がかかる。

「それじゃ、土方さん。少しは楽しんで下さいよ」

「はい」

榎本が行ってしまう。

土方は手の中でワイングラスを弄《もてあそ》び、どうしようかと迷う様子だったが、やがて、ちびちびとワインを飲み始めた。うまいと思ったわけではないが、土方には妙に律儀なところがあり、

（せっかく榎本さんが注いでくれたんだから飲んでみるか……）

という気になったのである。

渋い顔をしてワインを嘗《な》めていると、

「やあ、ヒジカタサン」

いきなり背中を叩かれた。

「う」

ワイングラスに口がぶつかり、噎《む》せ返る。

（この野郎）

舌打ちしながら、じろりと振り返る。

フランス軍砲兵中尉ジュール・ブリュネがにこにこしている。

蝦夷政府には、徳川幕府がフランスから招いた軍事顧問団の一部が参加しており、ブリュネもその一人である。徳川艦隊が品川沖から脱走して以来、榎本たちと行動を共にしているのだ。

「やあ、やあ」

と日本語で繰り返すと、身振り手振りを交えて、後はフランス語をまくし立てる。

どこが気に入ったのか、ブリュネは、ひどく土方に好意を持っている。友情のしるしだとして愛用の懐中時計を贈ったほどだ。

「ふんふん」

土方が適当に相槌《あいづち》を打つ。

もちろん、土方にはブリュネが何を言っているのか、さっぱりわからない。フランス語などちんぷんかんぷんだ。

が、ブリュネの方でも土方の返事を期待しているわけではないらしい。本当に用があるときには通訳の田島金太郎《たじまきんたろう》を連れてくるからだ。

土方とブリュネが珍妙なやりとりをしているところに、

「土方さん」

人混みを掻《か》き分けながら、人見勝太郎と伊庭八郎が近付いてきた。

「人見さん。伊庭さんも一緒か」

土方が笑顔を見せる。人見や伊庭とは、土方が新選組の副長として京都で活躍していた頃からの知り合いである。

「盛況なのは結構だが、わたしには居心地が悪いですな。堅苦しいのは性に合わない」

「おれもそうさ」

「お、珍しいじゃないですか。それ、ワインでしょう?」

「うん」

「うまいですか」

「よくわからん」

「こっちにしたらどうです」

人見がグラスを持ち上げる。

「ハイネケンとかいう麦酒ですがね。榎本さんが飲め、飲めって勧めるから試しに飲んでみたんですが、なかなか、いけますぜ」

どうやら、榎本は、あちらこちらで酒を勧めているらしい。

「外国の酒の味はよくわからないよ」

「たまにはいいんじゃないですか。滅多に飲めるもんでもないし」

「どんな酒だって、飲めるだけましじゃないか」

伊庭が口を尖《とが》らせる。

「伊庭さんは禁酒かい？」

土方が訊く。

「好きで禁酒してるわけじゃありませんよ」

伊庭が口をへの字に曲げる。

「あははっ、こいつ、高松先生に酒を禁じられているんですよ」

「うるさい。余計なことを言うな」

「酒を飲んだら死ぬと脅かされているんです。なあ、伊庭？」

「別に死ぬのが怖くて酒を飲まないわけじゃない。どうせ死ぬのなら、薩長《さっちょう》の奴《やつ》らを十人でも二十人でも地獄の道連れにしてやりたいと思うから酒を我慢しているんだ。せっかく蝦夷くんだりまで来たってのに、酒を飲んで死んだなんてことになったら、あの世で待っている仲間たちに面目が立たん」

「酒を飲むと死ぬってのは、その傷のせいかい？」

「ええ」

伊庭が左肩を揺すると軍服の袖《そで》がぶらぶらと揺れる。伊庭には左腕がないのである。

この年の五月、いわゆる箱根戦争で伊庭は負傷し、左肘のすぐ下を深々と斬られた。かろうじて動脈は繋がっていたが、骨が真っ二つにされ、左腕が皮一枚でぶら下がっているだけという重傷だった。地元の医者が治療に当たったが、大した外科技術もない田舎《いなか》医者だったので途方に暮れた。それを見た伊庭は、

「どうせ、もう使い物にならんのだろう」

と自ら左腕を切り落としてしまった。そのときの手当てがいい加減だったために、蝦夷地に上陸してから傷が腐り出した。

旧幕府軍の医療関係の一切を取り仕切っていたフランス帰りの高松《たかまつ》凌雲《りょううん》が伊庭を診察した。

「放っておけば体中に毒が回って命が危ない」

「どうすればいいですか?」

「腐ったところを切除するしかないね」

つまり、肘のすぐ上のあたりで、もう一度、腕を切断するということである。

皮膚を剝《は》がし、肉を削《そ》いだ。腐って黒く変色した肉の部分は、もう神経が死んでいるから痛みはないが、骨はまだ生きている。

骨を切断する前に、

「麻酔をするよ」

と、凌雲が声をかけると、

「こんなことくらいで、何も大切な医薬品を使うことはありませんや。ちょいと、それを貸してもらえますか」

と言って、凌雲からメスを借りると、伊庭は自分の手で邪魔な骨をごりごりと切り落としてしまったという。伊庭八郎は、そんな男だ。

「まだ傷が完全に治っていないので、いい気になって酒を飲んだりすると、血が止まらなくなって、また傷口が腐るかもしれないっていうんです。酒を飲むたびに腕を切るのも面倒だから高松先生の言いつけに従っているわけです」

「そんな話を聞いたら、何だか、おれも酒を飲む気がしなくなってきた」

「なあに、気にすることはありませんや。おれの分までたくさん飲んで下さいよ。その方がおれも嬉しいですから」

「まあ、土方さん、伊庭のことはもういいでしょう。それにしても……」

人見がブリュネに顔を向ける。相変わらず一人で何かをしゃべり続けている。

「この人、さっきから何を言ってるんですか？」

「わからん」

土方が首を振る。

「おれは黙って聞いているだけだよ。何を話しているのか、おれにもわからない」

「へへへっ、土方さんも人が悪いなあ。てっきり、フランス語でも身に付けたのかと思いましたよ」

「馬鹿言え」

「何もわからないのにうなずいてるんですか？」

「そうだよ」

「へえ」

人見がブリュネに顔を向ける。

「よお、元気か？」

「やあ、やあ」

ブリュネが人見の肩を叩く。

「やあ」

人見も真似をする。

「やあ、やあ」

「こりゃあ、いい。やあ、やあ」

ブリュネと人見が、「やあ、やあ」と言いながら互いの肩を叩き合う。その傍らで土方がちびちびとワインを嘗める。

突然、ブリュネが、

「トレ・ボー！」

と叫んだ。

とても美しい、というのである。

土方が振り返る。蘭子《らんこ》が立っていた。金モールをあしらった礼服に身を包んだ蘭子の姿は、ブリュネの目にはフランス人形のように美しく見えるらしい。

「土方先生、いつぞやはお世話になりました」

蘭子が頭を下げる。

「わたしは何もしていませんよ。礼なら、人見さんに言えばいいでしょう」

愛想も何もない。じろりと蘭子を見て、

「まだ敵討ちをするつもりですか」

「はい」

「そんなことは忘れた方がいい」

「女には戦はできない。だから、敵討ちもできない、とおっしゃりたいのでしょうか」

「ええ」

「……」

さすがに蘭子も息を飲んだ。

まるで喧嘩腰《けんかごし》ではないか。

蘭子が瞬きもせずに土方を凝視する。睨《にら》んだ、と言った方がいいかもしれない。

「まあまあ」

人見が二人の間に割って入る。

「二人とも、そうムキにならなくてもいいでしょう」

「……」

蘭子は、ぷっと頬を膨らませ、今度こそはっきりと土方を睨んだが、土方は相手にしないで、そっぽを向いてしまう。

(何と憎らしい)

蘭子が唇を噛む。顔色が白っぽく見えるのは、怒りのために血の気が引いたせいかもしれない。

土方と蘭子が話している間、ブリュネは珍しく口を閉じて、じっと蘭子を見つめていたが、やがて、ナプキンに鉛筆でさらさらと何かを描き始めた。

「このフランスさんは何をしてるんですか?」

人見が土方に訊く。

「ブリュネ殿は絵師も兼ねているらしい。暇があると絵を描いてフランスに送っているよ」

「へえ、絵師ですか」

人見がブリュネの手許を覗《のぞ》き込む。

この頃、ブリュネは画才を生かし、『ル・モンド・イリュストレ』の特派員を兼務していた。ブリュネが日本からフランスに送った数多くのスケッチが今でも残っている。来日して間もなく、ブリュネは大坂城で将軍・慶喜《よしのぶ》に謁見《えっけん》を許され、城を下がってから、謁見したときの記憶を頼りに肖像画を描いた。現存する慶喜の写真とブリュネの肖像画を見比べてみると、ブリュネが対象物を正確に写し取る能力の持ち主であることがよくわかる。

この祝賀会のときにブリュネが即興で描いた蘭子のデッサンは、後にきちんとした画用紙に描き直され、美しく彩色された。そのデッサンを見ると、蘭子は瓜実《うりざね》顔で涼しげな目許をしている。体つきも華奢《きゃしゃ》である。ただ、この当時の女性としては背が高く、人見や土方と並んでいてもそれほど背が低くは見えない。鼻が高く、頬骨が浮き、目鼻立ちがはっきりしている。のっぺりとして平板な顔の多い日本女性とは違って、どちらかと言えば、西洋人風の彫りの深い顔立ちをしている。それがブリュネには新鮮で印象深かったのかもしれない。

蘭子は微笑《ほほえ》んでいるが、これはブリュネの創作に違いない。少なくとも、この場にいたときの蘭子は笑ってはいなかった。ひどく腹を立てていた。後に、デッサンを画用紙に描き直したとき、ブリュネが蘭子を微笑ませたのであろう。

ただ、笑ってはいるものの、その微笑みは、どことなく寂しげに見える。決して幸せそうな笑いではない。恐らく、蘭子の短い生涯を思い起こしたとき、ブリュネとしても、天真爛漫《らんまん》な笑顔を描く気にはなれず、それとなく愁《うれ》いを含んだ笑顔にしたのではなかろうか。

(やっぱり、性に合わねえなあ……)

榎本に注いでもらったワインを苦労して飲み干すと、改めて日本酒を飲む気にもならず、人混みの中に突っ立っているのも馬鹿馬鹿しくなって土方は祝賀会場の外に出た。

旧暦の十二月十五日といえば、今の一月二十七日に当たる。真冬である。

五稜郭は雪に覆《おお》われており、歯の根が噛み合わないほどに寒い。じっとしていると頬がちくちくしてきて、耳が痛くなってくるような寒さだ。長い時間、外にいると、厚着をしているわけでもないから風邪を引いてしまいそうだ。少し酔いを醒ましたら、すぐに会場に戻ろうと考えて土方が歩き出す。

夜になると、急に気温が下がるために地面を覆っている雪の表面が凍ってしまう。そのため、歩くと、さくっ、さくっ、と凍った雪が崩れる音がする。明かりはないが、空には大きな満月が昇っているから不自由はない。

(ん?)

土方が立ち止まる。

暗がりに人が蹲《うずくま》っている。軍服姿だ。悪酔いした差図役が気分でも悪くなったのだろう、と思い、土方はそのまま通り過ぎようとした。

が、襟許《もと》から覗く真っ白なうなじを見て足を止めた。

（女じゃねえか）

軍服姿の女と言えば、土方が思い当たるのは一人しかいない。

「蘭子さん」

「……」

肩越しに振り返ったのは蘭子であった。

両目が大きく見開かれる。驚いている。

「飲み過ぎたんですか？」

「いいえ」

蘭子が立ち上がる。立ち上がるとき、足元の雪を蹴《け》るような仕草をした。ひどく疲れた表情で、額には小さな汗の玉が幾つも浮いている。

「お酒は、ほとんど飲んでいませんから」

「具合の悪そうな顔だな。熱でもあるんじゃありませんか？」

「大丈夫です」

「人見さんは、今夜のうちに松前に戻るような話をしていましたが、あなたは泊まっていったらどうですか。これから、夜道を松前まで馬で行くのは大変ですよ。わたしから人見さんに話しましょうか？」

「どうかご心配なく。失礼します」

蘭子が土方に背を向けて会場の方に歩き出す。

「蘭子さん」

「はい？」

蘭子が振り返る。

「これを」

首に巻いていたスカーフを取り、蘭子に差し出す。

「何でしょう？」

「皆のところに戻るのなら、口の周りをふいた方がいい」

土方は自分の口許を指差す。

「……」

蘭子の顔色が変わる。

「ついでに額の汗も拭《ぬぐ》っていくといい。人見さんは大雑把《おおざっぱ》なように見えて、意外と細かいところに気がつく人だから」

「ありがとうございます。では、遠慮なく、貸して頂きます」

「こう言っても聞いてはもらえないんでしょうが、まあ、あまり無理をしないことです。わたしが親しくしていた者が、あなたと同じ病を患《わずら》っていたんです。無理は禁物ですよ」

「その方は、どうなさっているのですか？」

「死にました」

「え」

「子供の頃から知っている奴で、新選組でも一緒でした。沖田《おきた》という男ですがね。まだ二十四歳でした。戦に追われて死に目にも会えなかった」

「……」

蘭子は黙ったまま頭を下げると、会場に向かって歩き出した。土方は蘭子の背中を見送る。蘭子が蹲っていたところを見ると、微《かす》かに血の痕《あと》が残っている。立ち上がるときに雪を蹴ったのは、喀血痕《かっけつこん》を隠すためだったのであろう。

（血を吐いていたのか……）

とすれば、やはり、労咳《ろうがい》であろう。

土方が弟のように可愛がっていた沖田総司《そうじ》は京都にいるときに労咳を患い、その後、江戸で亡くなった。だから、土方は労咳には詳しい。

この当時、労咳は死の病である。治療法も、特効薬もない。

一旦、労咳に冒《おか》されたが最後、死を待つのみなのである。ただ、死期を遅らせることはできる。無理をせず、静かに養生し、栄養を摂取すればいい。そうすれば、病が治癒するわけではないが、病の進行は緩やかになり、運が良ければ何年も生きることができる。逆に言えば、無理をすれば、病の進行は早まる。命を縮めることになるのだ。

（おれの忠告なんか聞かないんだろうな）

総司と同じだ、と土方がつぶやく。

沖田総司も、近藤勇《こんどういさみ》や土方が、

「新選組を離れて、養生しろ」

と口を酸っぱくして諭したにもかかわらず、一向に耳を貸そうとせず、結局、治療に専念するようになったのは、鳥羽・伏見の戦いに敗れ、江戸に逃げ帰ってからであった。その頃には沖田の体は病に蝕《むしば》まれてぼろぼろになっており、自分一人では起き上がるのも辛いほどになっていた。そして、そのまま死んだ。

（あの人も総司に似ている）

土方が脳裏に思い描いたのは、蘭子の青白い顔である。真っ白な雪が積もっている中で、月光を浴びていたせいもあるだろうが、土方の目には、蘭子の肌が透き通るように白く見えた。労咳が悪化すると、肌が蠟《ろう》のように白くなることを土方は知っている。祝賀会場では顔に白粉でも塗って顔色の悪さをごまかしていたのであろう。

しかし、喀血し、たらたらと脂汗を流しているうちに白粉が剝げ、はからずも土方に素顔を見られてしまった、ということなのではあるまいか。

（遠からず死ぬだろう……）

と、土方は思う。

だからといって、土方にできることは何もない。

（そもそも、あの人は、最初から命を捨てていた。女であることも捨てていた）

初めて蘭子に会った日のことを、土方はぼんやりと思い起こした。十一月二日のことであった。その日のことをはっきりと覚えている。

その日、土方は肝を冷やした。下手をすれば、七百の兵と共に土方の命もなかったかもしれない、という場面に遭遇したのだ。その危機から土方と七百の兵たちを救ったのが他ならぬ蘭子なのであった。

二

十月二十五日、旧幕府軍が箱館と五稜郭を無血占領した後、旧幕府軍は松前藩に使者を送った。旧幕府軍が蝦夷地にやって来た目的を説明し、そのために松前藩と協力したいという申し出を書簡に認《したた》めて使者に持たせたのである。松前藩を刺激しないために、捕虜とした松前藩士・桜《さくら》井《い》恕三郎《じょさぶろう》に書簡を持たせた。それほどに松前藩に気を遣った。

ところが、松前藩は、桜井を、

「裏切り者」

として処刑した。

当然、書簡は無視された。旧幕府軍は、桜井の消息がわからず、松前藩からの返事もないので、もう一度、別の使者を送った。松前藩は、この使者の首も刎《は》ね、その首と書簡を旧幕府軍に送りつけた。

これを知った榎本武揚は激怒し、

「話し合う気がないというのなら、後は戦をするだけだ」

と直ちに松前藩討伐を決定した。

これが十月二十七日のことで、即日、彰義隊《しょうぎたい》、額兵隊《がくへいたい》を始めとする七百の兵を土方歳三が指揮して箱館を出発した。土方自身、

（松前藩が和睦するはずがない。きっと戦になる）

と判断し、箱館を占領した二十五日から、討伐軍を率いて出発する二十七日までの間に松前藩に関する情報をできるだけ集めた。箱館から松前に至る地理はもちろんのこと、松前藩の装備や指揮官たちについても調べた。榎本もそれがわかっていたから、土方に指揮権を委ねたのである。

二十七日は、箱館から二十五キロほど離れた当別《とうべつ》に泊まり、翌二十八日には木古内《きこない》に泊

まった。二日でわずか四十キロの行軍であり、しかも、二日目には当別から木古内まで十五キロしか進んでいない。雪が多く、行軍が難渋したため、あまり距離を稼ぐことができなかったのである。

箱館から松前に行くには、海岸沿いの一本道を辿《たど》るしかない。海岸から離れると、雪に覆われた小高い山々が連なっており、夏場でも山を越えるのは並大抵の苦労ではない。ましてや冬場の山越えなど自殺行為だ。雪に埋もれた平坦な海岸沿いの道を進むしかない。

もっとも、その道が楽だというわけではない。

道路を整備する者などいないから、雪に埋もれた道を踏み分けて進むしかない。

しかも、海から吹き付けてくる風は、体の芯が凍りつくほどに冷たい。身を切るような冷たさといっていい。

木古内から十二キロほど南下すると知内《しりうち》がある。

ここから松前までは、およそ五十キロ。

箱館と松前のほぼ中間地点である。

木古内を出てしまうと、松前に至るまで七百人の兵を収容できるような大きな村はない。知内や福島という集落があるにはあるが、とても七百人を宿泊させることはできない。

当然ながら野宿することになる。知内を過ぎてから、旧幕府軍は雪原に宿営することになった。兵士たちは雪中行軍で疲労困憊《こんぱい》しているし、宿営設備もろくに整わない中での野宿だから、兵士たちはぶるぶると震えている。何しろ、大きな焚《た》き火の周りで兵士たちが身を寄せ合うだけなのである。そこに冷たい海風がびゅーびゅーと吹くのだからたまったものではない。

「土方さん、このままでは、みんな、凍え死んでしまいますよ」

人見勝太郎が言った。

「うむ」

「雪と風を防ぐ壁も屋根もないんだから、こうなったら体を温めるしかないでしょう」

「酒か」

「他に妙案がありますか?」

「……」

土方は渋い顔で黙り込む。

すでに松前藩の勢力圏に入り込んでいる。

いつ襲撃されてもおかしくない。

そんなところで兵士たちに酒を飲ませるのは気が進まないのであろう。

が……。

人見の言うことも、もっともであった。このままでは、明日の朝には必ずや凍死者が出るであろう。それを防ぐには酒で体を温めるしかないのではないか。焚き火にあたるだけ

では限界がある。熟考の末、

「よかろう」

と、土方はうなずいた。

兵士たちに酒が配られた。

「いいか、いっぺんに飲むんじゃねえぞ。朝までちびちびと飲むんだ。そうしないと保《も》たねえぞ」

人見が叫んだが、その言葉に耳を貸す者はいない。

兵士たちは震える手で酒を口に運び、ぐいぐいと飲み干してしまう。

そうなれば、

「もっと酒をくれ」

ということになる。

当初、一人一合で配給されたが、あまり兵士たちが騒ぐので急遽《きゅうきょ》二合に増やされた。

この酒のおかげで兵士たちは眠ることができた。

体が温まったせいである。

知内から海岸沿いに二十キロほど南西に福島村がある。この福島村まで松前藩軍は進出していた。斥候《せっこう》の報告から、土方はそのことを知っていた。知内村の郊外で野宿したのも、あまり福島村に接近すると松前藩兵の不意打ちを食らう危険があると判断したためであった。

もっとも、斥候の報告によれば、福島村にいる松前藩軍は、せいぜい二百ほどに過ぎず、七百の旧幕府軍からすれば、さして恐れるような存在ではない。

実際、戦好きの人見勝太郎などは、

「さっさと片付けてしまいましょう」

と、土方に進言したくらいだ。

土方が人見に賛成しなかったのは、

(これから福島に向かえば、夜の戦になる)

と危惧したためだ。

慣れない土地で、しかも、このような厳しい寒さの中で夜戦などすれば、

(敵を利するだけだ。こっちには何もいいことがない。まあ、無理することはない)

明日、夜が明けてから、真正面から押し出していけば、七百という数がモノを言う。

何も慌てることはないのだ。

だから、土方は知内で行軍を停止した。

福島村との二十キロという距離が、土方をほんの少し油断させた。わずか二百ばかりの敵軍が二十キロもの雪原を踏破して真正面から挑みかかってくるとは思えなかったのだ。

人見に押し切られる格好で、兵士たちに酒を配給し、しかも、配給量を一合から二合に増

やすことを認めたのも、

(今夜は、もう戦はない。明日の戦に備えて、皆を休ませてやろう)

と考えたからである。

夜半、旧幕府軍の兵士たちが酒に酔ってうたた寝している頃、渡辺薬々《わたなべやくやく》が指揮する松前藩兵五十人ばかりが小舟に分乗して福島を出発、知内の南三キロの涌元《わきもと》に上陸した。ここから間道を伝って、旧幕府軍の背後に出た。旧幕府軍の最後尾は、額兵隊の兵糧方《ひょうろうがた》である。松前藩兵は、持参した小銃を一斉に発射すると、それを合図に兵糧方に斬り込んだ。

まったくの不意打ちであった。土方は、部隊の正面に不寝番の歩哨《ほしょう》を立て、福島方面には斥候も放っていたが、背後はまったく警戒していなかった。迂闊《うかつ》であったというしかない。

土方自身、眠っていたが、小銃の発射音で飛び起きた。すぐには動かず、じっと耳を澄ました。まず敵の位置を知り、どれくらいの数の敵が襲ってきたのか判断しようとしたのである。このあたり、さすがに戦慣れしている。

(後ろだ。くそっ、舟で来やがったな)

小銃音は前方からは聞こえない。

聞こえているのは、部隊の背後からだけだ。

敵がどういう作戦をとったか、土方にはすぐにわかった。海岸沿いに敵の部隊が集結している場合、船を使って敵の背後に上陸し、奇襲を仕掛けるというのは別に珍しい作戦ではない。ごく基本的な戦法のひとつである。

なぜ、土方が背後を衝《つ》かれることを警戒しなかったかといえば、深夜、荒れた冬の海に漕《こ》ぎ出すような無謀なことをするはずがない、と高を括《くく》ったからであった。

それに福島にいる松前藩軍は二百に過ぎない。

二百を二手に分け、七百の旧幕府軍を前後から挟み撃ちにするというのは常識的には有り得ない。味方の数が敵よりも少ない場合、その少ない味方を更に分散するというのは愚とされる。各個撃破される危険性が増すからである。それ故、土方は、松前藩軍の方から戦を仕掛けてくることはまったく予想していなかった。

(戦っていうのは、何が起こるかわからねえもんだ。こっちの物差しだけで判断すると、しっぺ返しを食うことになるな……)

反省も忘れない。

(ふうむ、あれは、ゲベール銃だな。せいぜい、五、六挺《ちょう》というところか)

出発に先立って松前藩に関する情報を集めたことが役に立った。松前兵が持っているのは旧式の単発銃であり、連発銃はない。松前藩軍の軍備は旧態依然としているのである。

しかも、精度の悪いゲベール銃がほとんどで、若干のヤーゲル銃があるくらいだ。どちらも火縄銃よりはましという程度の時代遅れの小銃である。そのゲベール銃にしても、数はそれほど多くはなく、藩兵十人につき一挺程度の割り当てしかない、と聞いている。

その情報が真実であると信じれば、

（敵の数は、せいぜい五、六十人だな）

と予想できるわけである。

不意を衝かれはしたものの、敵の数は少ない。

それに挟み撃ちにされたわけでもない。

正面からも敵軍が迫っているならば、斥候が知らせるはずだし、仮に斥候が見過ごしたとしても、歩哨がいる。今のところ、歩哨が騒いでいる様子はない。

「ふむふむ……」

腕組みして、敵軍の動きを脳裏に思い描いているところに、

「土方さん！」

人見勝太郎がやって来た。

「人見さんか」

「敵が襲ってきましたぜ」

「知ってるさ」

「何を呑気《のんき》なことを……。で、どうするんですか？　あっちじゃ大騒ぎだ」

「なあに、敵は大した数じゃない。五、六十人くらいだ。それにゲベール銃が五、六挺」

「へえ。どうしてわかるんですか？　誰かが知らせに来ましたか」

「誰も来ないけどね。ここに坐って、黙って耳を澄ませていると、それくらいわかるよ」

「そりゃあ、すごい。まるで諸葛孔明《しょかつこうめい》ですね」

「からかうなよ。悪いが、人見さん、できるだけたくさんの焚き火で陣地を明るくしてくれないか。暗いところで戦っていると、臆病心が出てきて、実際よりも敵の数が多いような気がするからな。明るくなったら小銃で狙い撃ちにできるだろう」

「こっちも狙われますよ」

「あっちはゲベール銃さ。向こうが弾込めしている間に撃ちまくればいいじゃないか」

「なるほど」

「暗い中で闇雲《やみくも》に撃ち合いなんかすると同士討ちする危険がある。そっちの方が怖いよ」

「わかりました。早速、やりましょう」

「渋沢さんや星さんには、あまり大騒ぎするなと伝えてくれ。敵が逃げたら深追いする必要もない」

「いいんですか？」

「いいさ。どうせ、明日、また戦をするんだから」

「土方さんは何をします？」

「ここにいるよ。大丈夫とは思うが、万が一、敵が正面から攻めてきたら、おれが指揮を執《と》る」

「大したもんだなあ」

「何が?」

「落ち着いた采配《さいはい》振りがですよ。土方さんなら、百万の軍勢でも自在に操れそうだ」

「お世辞はいいから、早く行けよ」

「それじゃ」

人見勝太郎は、飄々《ひょうひょう》として陽気な男だが、軍人としてはなかなか有能だ。勇気もある。

土方に命じられたことを即座に実行した。

しばらくすると宿営地が煌々《こうこう》と明るくなり、その後、激しい銃撃戦が起こった。

が、それも二十分ほどで止《や》んだ。

やがて、人見が戻ってきた。

「終わったようだな」

「あいつら、逃げちまいましたよ。土方さんの言ったように追跡はさせませんでした」

「それでいい」

「まさか戻って来ないでしょうね」

「何人くらいいた?」

「ざっと五十人ですかね」

「それなら大丈夫だ。よほどの間抜けでない限り戻っては来ないだろう。まあ、念のために見張りは増やしておこう」

「兵糧を少しばかり燃やされましたが、死んだ者はいません。三人くらい怪我をしたようですよ。向こうは何人か死んだでしょう。小銃で撃たれて倒れてますよ」

「思ったより、被害が少ないな」

「土方さんが落ち着いていたおかげでしょう。どうします、様子を見に行きますか？」

「いや、寝るよ。明日も戦があるからな」

三

十一月二日。

知内郊外の宿営地を発した旧幕府軍は、星恂太郎の率いる額兵隊が先頭となって、福島に向かって行軍を開始した。知内から福島までは内陸に道路がある。山間を縫うようにして進む狭い道だが、途中、知内峠を越える以外は割と平坦な道が続く。その知内峠にしても、標高は二百メートルにもならないような峠に過ぎず、峠というよりは小高い丘という感じである。冷たい海風の吹きつける海岸沿いの道を進むよりは、はるかに楽であろう。

当然ながら、旧幕府軍もこの道を選んだ。

行軍が楽だという他に、土方の胸算用として、

(峠を押さえてしまえば、敵を見下ろすことができるな)

ということがあった。

松前藩軍は福島村に布陣している。

その数、およそ二百。

知内峠に登れば、眼下に福島村を見下ろすことができる。松前藩軍がどのような陣形を作っているかにもよるが、場合によっては、峠の上から砲撃を加えることで一気に松前藩軍を叩くことができる。

もちろん、そんなことは松前藩軍の方でも十分に承知しているだろうから、

(峠を巡って戦になるな)

と、土方は予想していた。

ところが……。

斥候の報告によれば、知内峠には敵の姿が見当たらないという。

(おかしいな)

当然の疑問であろう。峠を押さえられてしまえば、福島村の松前藩軍は窮地に追い込まれることになる。土方が松前藩軍を指揮しているならば、積極的に福島村を出て、知内峠の頂上に陣を敷くであろう。敵を見下ろしながら戦う方が有利だというのは戦術の常識で

ある。

そもそも二百と七百では兵力に絶対的な開きがある。その劣勢を補うために、少しでも有利な場所で戦おうと考えるのが普通ではないか、と土方は思うのだ。

(なぜだ?)

土方は首を捻《ひね》った。松前藩軍の意図がわからない。

そこに人見がやって来た。

「どうしたんです、また何か難しいことを考えているんですか?」

「峠に敵がいないっていうのさ」

土方は、状況を簡単に説明した。

「ということは、敵が、ゆうべのようにおれたちの背後に回るんじゃないかと土方さんは心配しているわけだ」

「うむ」

「福島の敵は二百って話でしたよね。何か怪しい動きはあるんですか?」

「ない」

土方が首を振る。

福島村には依然として二百の松前藩軍が集結しているという。

もし、兵の数が減っていたりすれば、

（別働隊として背後を衝くつもりか）

と疑ったであろうが、そのような気配はない。

「何を心配してるんですか？」

「なぜ、峠の麓《ふもと》の村なんかに籠《こ》もっているのかと思ってね。人見さんなら、どうする？」

「まあ、峠を押さえるでしょうね」

「おれだって、そうする。峠の上から敵に狙い撃ちされたらたまらないからな。誰だって、そうするだろう。それなら、なぜ、松前藩はそうしない？」

「理由はいろいろ考えられるじゃありませんか。勇気がないだけかもしれない」

「勇気がない？」

「確かに、峠を押さえれば、向こうが有利にはなるでしょうが、所詮《しょせん》、向こうは二百、こっちは七百ですよ。しかも、こっちには大砲もありますからね。時間はかかるかもしれないが、結局は、こっちが勝つでしょう。違いますか？」

「そうだな。おれたちが勝つだろう」

「こっちが峠を攻め上っていけば、向こうは退くわけでしょう。峠の上から退くってことは、下りながら逃げることになる。そうなったら目も当てられないことになる。それこそ、こっちは峠の上から敵を好きなように狙い撃ちすればいいわけだから」

「それを恐れているというのか？」

「深読みすればですがね。昨夜の戦振りを見ても、舟で背後に回るという思いつきはよかったものの、どうにも腰が据わっていないから、ちょっと反撃されただけで味方の死体まで置き捨ててさっさと逃げたじゃないですか。肝の据わった奴が指揮を執っていれば、二百人で夜襲を仕掛けたんじゃありませんかね。たった五十人で斬り込んだところで、こっちを驚かすくらいが関の山で、大した被害も出ていない。でも、二百人だったら話は違っていたはずだ。そんなことになっていれば、昨夜の戦も、だいぶ違ったものになっていたかもしれない」

「おれの考えすぎってことかな」

「別に怪しい感じはしませんがねえ。たとえ、向こうが何か企んでいたとしても、こっちが峠を押さえてしまえば、どうにでも戦のやりようがあるじゃありませんか」

「それもそうだな。行くか」

「ええ、行きましょう」

旧幕府軍は知内峠を登り始めた。

隊列は、どうしても縦長になる。

先頭と最後尾では数百メートルも離れてしまう。

先頭を行く額兵隊が頂上に達するという頃、額兵隊の隊長・星恂太郎が、

「土方さん」

と叫びながら峠を駆け下りてきた。額兵隊というのは仙台藩の洋式歩兵隊で、藩士の二男、三男を中心に編成されている。派手派手しい真っ赤な羅紗《らしゃ》の軍服が特徴である。仙台藩が降伏した後、差図役百名、兵卒百五十名を星恂太郎が率いて旧幕府軍に参加した。

真っ赤な軍服を着た、小柄な星恂太郎が走ってくるのを見ると、土方は、不謹慎だと承知しつつも、

（まるで達磨《だるま》が転がり落ちてくるようだ）

との思いを禁じえなかった。

「どうしたんです、そんなに慌てて？」

笑いを噛み殺しながら、土方が訊く。

「変な女がいましてね」

「変な女？」

「女のくせに鉢巻きを締めて、刀なんか持って……。あ、そんなことはどうでもいいんだ。その女が言うには、この峠には罠《わな》が仕掛けられているから、一刻も早く引き返せ、峠を下りろ、と喚《わめ》き立てておりまして」

「罠だと？」

その言葉を聞いて、土方の顔が引き締まった。

自分の嫌な予感が的中したような気がしたからだ。

「その女、どこにいる？」

「上です」

「……」

土方がいきなり走り出す。

その後ろを星がついていく。

頂上付近で兵士たちが輪になって騒ぎ立てている。

「おい、そこをどけ」

星が叫ぶと、兵士たちが左右に分かれる。

輪の中心に「変な女」がいた。

蘭子であった。

「この女です」

「うむ」

土方がじろじろと蘭子を眺める。

（なるほど、こいつは奇妙だ……）

鉢巻きをしているのはいいとしても、刀を背負い、黒っぽい筒袖の付いた厚い綿入れ、それに旧幕府軍の兵士たちと同じようなズボン、大きな藁靴《わらぐつ》、手には布をぐるぐると巻いている。奇妙な格好ではあったが、

（ふうん、よく考えているな）

と、土方は感心した。

蝦夷の冬は、江戸や大坂あたりの冬とは比べものにならないくらいに厳しい。

冬山ともなれば尚更《なおさら》だ。

手足を長時間さらしていれば、すぐに凍傷になってしまうし、体温を逃がさないように念入りに厚着をしないと寒さで動けなくなってしまう。ほとんどの者たちが初めて経験する凄《すさ》まじい寒さであった。

旧幕府軍は、寒さ対策が十分ではなかった。

幸いにも、さしたる抵抗もせずに新政府軍が逃げたために深刻な問題とはならなかったが、もし、戦が長引いていたら、旧幕府軍は寒さに苦しめられていたに違いない。

土方の率いる松前討伐軍も事情は変わらない。

蝦夷の冬がいかに恐ろしいかということを知ったのは、迂闊にも木古内を過ぎてからのことであった。木古内までは道路も雪掻きされていたから、人馬の通行に何の不自由もなかったし、宿泊施設に不自由することもなかった。木古内を過ぎた途端に道路事情が悪くなり、兵士たちは野宿を余儀なくされた。

差図役はブーツを履《は》き、兵士たちは足袋《たび》に草履《ぞうり》を履いているが、それでは足が雪に埋まるばかりでまともに進むことができない。足を小刻みに動かし、雪を踏み固めながら、少しずつ進むしかなかった。行軍速度が急激に落ちた。

(なるほど、あんな藁靴があれば便利だな)

土方は、まず、そのことに感心した。

大きな藁靴ならば雪を踏み固めるのに便利だし、足が雪に埋もれても藁靴の中に雪が入らない。草履に足袋という格好で雪を踏むと、雪の水分で足袋が濡れてしまい、足が冷え切ってしまう。足袋を取り替えずに、濡れたままで歩き続けると凍傷を起こす。かといって、兵士たちが足袋の替えなどを何足も持っているはずがない。

(戦に来て、まさか足袋で頭を悩ますとは……)

土方にとっても、頭の痛い問題であった。

松前討伐軍は、寒さに対する有効な対策がなく、できるだけ早く松前を攻略し、必要な物資を調達するしかない。もし、戦が長引くようだと、凍傷で動けなくなる兵士が続出するに違いなかった。

(手に布を巻くのもいいな。それにあの鉢巻きだ。なかなか考えてやがる)

手に布を巻くというのは、言うなれば、手袋をするようなものであろう。手が凍えると、刀も握れず、小銃の引き金すら引けなくなってしまう。鉢巻きにしても、普通は汗を押さえるためにするものだが、蘭子の鉢巻きを見ると、太めの布を使って耳が隠れるようになっている。屋外で顔をさらしていると真っ先に冷えるのが耳であり、寒さがひどくなると刃物で切られるような鋭い痛みを感じる。それを防ぐために耳を隠しているに違いなかった。

土方は、蘭子と言葉を交わす前に、蘭子の姿から様々なことを学び、手に布を巻くことや鉢巻きで耳を隠すことは、すぐに皆にも真似させようと思った。

「おい」

星が蘭子に声をかける。

「さっきの話だが、この峠に罠が仕掛けられているというのは本当か？」

「この方は、どなたでしょうか？」

蘭子が土方に顔を向ける。

「わたしは土方歳三という。討伐軍の指揮を執っている」

「土方歳三……」

蘭子が小首を傾げる。

このとき、蘭子は土方の名前を知らなかったらしい。京や大坂で新選組といえば泣く子も黙ると言われ、局長の近藤や副長の土方の勇名は江戸にまで鳴り響いていたほどだが、さすがに蝦夷地までは聞こえていなかったのであろう。

「ところで、あなたは何者かね？」

土方が訊く。

「わたしは山下蘭子と申します」

蘭子は、自分が松前藩の重臣・山下雄城《ゆうき》の娘であり、旧幕府軍に味方するために敵情を探って参上した、と説明した。

「山下雄城か……」

土方がつぶやく。

その名前ならば聞いたことがある。

箱館を出発する前、土方は、松前藩の軍備についてできる限りのことを調べたが、その際、松前藩の内情についても探った。松前藩内部で、勤王派と佐幕派の激しい対立があり、今は勤王派が実権を握っていることも知っている。山下雄城の名前は佐幕派の重鎮として耳にした。

「山下殿は、死んだはずだが……」

「殺されたのです」

「殺された？」

「詳しい事情を話している余裕はありません。この窮地を脱したら、改めて説明させて頂きます」

「窮地というのは、わたしたちのことか？」

「はい」

「よくわからないな」

「今、ここにおります」

蘭子がしゃがみ、指で雪の上に丸を描く。その丸が知内峠である。

「ここから六町ほど下って、福島村に松前兵がおります。二百人くらいでしょうか」

「それなら知っている」

「その二百人は囮《おとり》です」

「囮だと？」

「そうです。ここに……」

旧幕府軍の後方に蘭子は丸を描く。

「伏兵がいます。はっきりとした数はわかりませんが、三百人くらいだと思います」

「三百人の伏兵？　おれたちを挟み撃ちにするというのか」

咄嗟《とっさ》に、

（嘘だろう）

と、土方は思った。

行軍に当たっては、何人もの斥候を先行させ、念入りに下調べをさせている。もし、三百もの伏兵がいれば、必ずや、斥候たちが発見するはずだし、斥候の目に触れないほど遠くにいるとすれば、それほど恐れる必要はない。後方の敵が追い付く前に、旧幕府軍は峠を下って福島村の敵を殲滅《せんめつ》してしまうからだ。それでは挟み撃ちになるまい。

が、蘭子は首を振る。

「すぐ近くにいる」

というのだ。

「信じられない」

と、土方が首を振る。

「土方さまは熊穴をご存じですか」

「それがどうした？」

「松前兵は熊穴に潜んでいます」

熊穴というのは、熊が冬眠する穴である。冬になれば、雪に埋もれてしまい、熊穴は見えなくなってしまう。蘭子が言うには、三百人の松前兵は、この近くにある大きな洞窟《どうくつ》に隠れているが、その洞窟の入り口は雪に隠れているので、その存在を知らない者が見付けることは難しい、というのであった。

「熊穴か……」

土方の表情が険しくなる。蘭子の話が本当だとすれば、松前藩軍がどんな作戦を立てているのか、土方には想像がつく。

囮である福島村の松前藩軍を旧幕府軍が攻撃する。

恐らく、大して抵抗することもなく、囮の軍勢は逃げるのであろう。それを見た旧幕府軍は峠を下って敵を追走する。そのときに隠れていた三百の松前兵が旧幕府軍の背後から襲いかかる。

そういうことではないか。

しかし、それだけならば、背後の伏兵は、旧幕府軍にとって、さしたる脅威というわけではない。峠を下る前に福島村の松前藩軍に間断なく砲撃を加えて徹底的に叩いてしまえば、わずか二百の敵軍は雲散霧消してしまうであろう。その上で背後から攻めかかってくる三百の松前藩軍に対峙《たいじ》すればいいのだ。それならば、挟み撃ちにはならない。

が……。

「そうはいかない」

と、蘭子は言う。

「どういう意味だ？」

「福島村の二百人は囮ですから、土方さまたちが攻めれば、簡単に逃げ出すでしょう」

「うむ」

「その二百人は後詰《ごづ》めの四百人と合流します」

「後詰めだと？」

今度こそ土方の顔色が変わった。

「洞窟に潜む三百の他に、松前藩には四百の後詰めがいるというのか？」

「はい」

蘭子はうなずき、福島村の後方に大きな丸を描いた。

土方は、その丸を瞬《まばた》きもせずに凝視しながら、

「それは間違いないのか？」

と訊いた。

「はい。この四百人は、ゆうべは吉岡峠の麓に隠れていて、今朝、幕府軍が福島に向かうのと同時に吉岡峠を出発しているはずです」

「どうして、そんなに詳しく知っているんだ？」

「正議隊が藩政を牛耳っているといっても、誰もが心からそのやり方に服しているわけではありません。薩長ではなく、幕府に味方すべきだと考えている者は多いのです」

「そういう連中があんたに耳打ちしてくれたというわけか」

佐幕派の重鎮・山下雄城の娘にならば、なるほど、重大な軍事上の機密を洩らす者がいても不思議ではない。ただ、目の前にいる若い娘が、本当に山下雄城の娘なのかどうか、土方に確かめる術《すべ》はない。もしかすると、山下蘭子と名乗るこの娘が土方を罠に嵌《は》めようとしているかもしれないのだ。疑おうと思えば、いくらでも疑うことができる。

（この娘が嘘をついているとして、おれたちを騙《だま》してどんな得があるんだ？）

土方が思案する。

蘭子は、この峠には罠が仕掛けられているから、早く引き返せという。

引き返せば、どうなるのか？

途中で三百の敵軍に遭遇する危険性はあるものの、旧幕府軍が大きな損害を被《こうむ》るとは考えにくい。

もし、敵軍が三百ではなく、もっと多ければ話は別だが、その可能性はない。松前藩というのは、支配している土地こそ広いものの、実質的な石高は三万石程度に過ぎない。その動員能力は、どれほど多く見積もっても、せいぜい、一千であろう。蘭子の言うように、福島村に二百、その後詰めが四百、伏兵が三百とすると、それだけで九百になる。城の守備兵が百とすれば、ほぼ計算は合う。松前藩は、この知内峠の戦いにすべての兵力を注ぎ込んだ、ということになる。

（背後に三百、正面に六百か……）

土方は、蘭子の話を信じる気になっている。

蘭子の話が嘘だとしても、その効果は、せいぜい旧幕府軍の行軍を半日くらい遅らせるだけのことだ。

そんなことに何の意味があるのか？

疑うよりも、信じた方が納得できることが多いのだ。福島村の松前兵が囮だとすれば、なぜ、松前藩軍が知内峠に布陣しないのか、という土方の疑問も氷解する。旧幕府軍を罠に誘い込むために、敢《あ》えて不利な土地に布陣しているのだ。

「星さん」

土方が星恂太郎を振り返る。

「渋沢さんと人見さんを呼んでもらえませんか」

直ちに軍議が開かれた。

参加したのは五人である。

土方歳三。

渋沢成一郎。

星恂太郎。

人見勝太郎。

それに蘭子だ。

土方と星の二人は、すでに蘭子の話を聞いているから、人見と渋沢の二人に土方が状況を説明した。人見は、

「へえーっ、へえーっ」

と声を上げながら、横目でちらちらと蘭子の顔を盗み見ている。松前藩が罠を仕掛けて

待ち受けているということよりも、蘭子の存在そのものに驚いているらしい。十七歳の美少女が、珍妙な姿で軍議に参加しているのだから好奇心が旺盛な人見が興味を引かれないはずがない。

渋沢は、口をへの字に曲げ、黙って土方の話に耳を傾けている。時折、眉を顰《ひそ》め、額《ひたい》に青筋が走るのは、隣にいる人見がうるさいのであろう。

土方が話し終わると、待ってましたとばかりに人見が身を乗り出した。

「山下さん」

「はい」

「蘭子さんと呼んでもいいですか?」

「どうぞ」

「我々に味方してくれるのは、お父上の仇を討ちたいからですか?」

「そのつもりです」

「その刀で下国《しもぐに》って奴を叩き斬るつもりなんですね?」

「はい」

「いやあ、痛快だなあ」

人見が感心したようにうなずく。

「人見君」

渋沢がじろりと人見を睨み付ける。

さすがに堪えきれなくなったらしい。

一橋家の家臣・渋沢成一郎は彰義隊の創設者の一人で、彰義隊の初代頭取を務めたが副頭取の天野八郎《あまのはちろう》と路線を巡って衝突し、袂《たもと》を分かった。状況を見極めて柔軟に対応することができず、己の主義主張を貫き通した結果である。そのため天野一派の憎しみを買い、命を狙われる羽目になった。江戸にいられなくなった渋沢は、新たに振武軍《しんぶ》を結成して新政府軍と戦ったが、飯能《はんのう》の戦いで敗れ、品川に停泊していた徳川艦隊に身を投じた。

渋沢は、生まれつきの幕臣ではなく、元々は武州榛沢《ぶしゅうはんざわ》郡の百姓に過ぎない。自分の実力だけを頼りにのし上がった男なのである。この点、土方歳三と境遇が似ている。根が真面目なだけに、人見の軽口がうるさいのであろう。

「で、どうします、土方さん?」

星が訊く。

「普通ならば、退くのでしょうな」

渋沢が言う。慎重派である。

「こちらが七百、敵が九百。確かにこちらが不利だ」

星がうなずく。

「しかし、逆に考えれば、一気に松前藩を叩き潰《つぶ》す機会じゃありませんか。向こうは、ほぼ全軍が出てきているわけだから。下手に籠城なんかされたら面倒なことになる」

人見が言う。こちらは積極派だ。

「それに悪いことばかりじゃない。こっちは峠の頂上にいる。敵を見下ろせる立場なんだから。向こうは挟み撃ちにするつもりだろうが、そう簡単にはいかんでしょう。どう思います、土方さん？」

「たぶん、松前藩とすれば、わたしたちが福島村の敵を追って峠を下りるのを待つつもりなんでしょう。だから、わたしたちがここにいる間は攻撃してこないはずです」

「いつまでもここに居座っているわけにはいきませんよ。食糧だって大してないわけだし、戦をしないのならば、さっさと知内に戻った方がいい」

渋沢が言う。

「いや、戻らない」

土方が首を振る。

「戦うつもりですか？」

星が目を丸くする。

どちらかといえば、星も渋沢の意見に賛成なのであろう。慎重派なのだ。

「わたしたちは松前藩が何を企んでいるか知っている。しかし、松前藩は、わたしたちにばれていることを知らない。それをうまく利用するんです」

「うまい手でもあるのかね？」

渋沢が訊く。

「ひとつ訊きたい」

土方が蘭子を見る。

「三百の松前兵が隠れている熊穴だが、その場所がわかるか？」

「大凡《おおよそ》のところは……」

「向こうに気付かれないようにそこに近付けるか？」

「あまり大人数では無理だと思います」

「五十人くらいではどうかな？」

「それくらいなら何とか……」

「まさか土方さん、たった五十人で斬り込むつもりですか？」

「人見さんじゃあるまいし、おれはそんな無茶なことはしないよ。こういうやり方をしようかと思うんだ……」

土方が作戦の説明を始める。

四

「あそこです」

蘭子が前方を指差す。

「……」

土方がその方向を凝視する。

だが、雪に覆われた山肌が見えるだけだ。

洞窟らしいものは見当たらない。

「大きな石が転がっているのが見えますか？　枯れ木立の近くに」

「うむ」

それなら見える。

「その向こう側です」

「……」

やはり、駄目だ。

肉眼では見えない。

かなりの距離がある。あまり近付きすぎて、松前藩兵に発見されては元も子もない。

土方は、懐《ふところ》から小型の双眼鏡を取り出した。箱館を出発するとき、ブリュネから借りてきた物である。双眼鏡を目に当て、蘭子が教えてくれた方を見る。

「む？」

見えた。

白い山肌にほんの少しだけ色の違うところがある。

洞窟の入り口を枯れ枝を編んだ物で塞《ふさ》ぎ、その上を雪で覆っているらしい。遠目には、そこに入り口があるとはわからない。土方自身、蘭子に場所を教えられ、しかも、双眼鏡を使うことで初めて納得できた。斥候が見逃したとしても無理はない。

「あそこに三百人もいるのか？」

「そのはずです」

蘭子がうなずく。

「入り口はそれほど大きくありませんが、かなりの奥行きがあるそうですから」

「……」

正直なところ、土方は半信半疑だ。

なるほど、偽装によって洞窟の入り口を隠しているらしいことはわかる。

だが、そこに本当に三百人の松前藩軍が潜んでいるかどうかはわからない。

（今更、迷っても仕方がない）

土方が、ふーっと息を吐く。蘭子が知らせてくれた情報に基づいて作戦を立案し、すでにその作戦は動き始めている。あれこれと迷ったところで後戻りはできない。

戦争においては、臨機応変な判断が必要な場合もあるが、逆に、どっしりと落ち着いて構えなければならないこともある。要は、指揮官が正確な状況判断ができるかどうかということが最も重要なのだ。

土方は黙ったまま背後に合図を送った。

茂みの中に五十人の兵士たちが息を潜めている。

待機しろ、と指示したのだ。

その場に土方もしゃがみ込んだ。

蘭子の言葉を信じることにした。

あの洞窟に三百の松前兵がいる、という前提で作戦を続行することに決めたのである。

蘭子がじっと洞窟の方角を見つめている。

口を固く閉ざしている。

土方も無言だ。

後は待つだけであった。

一時間ほども経ったであろうか……。

峠の頂上付近から、砲声が聞こえてきた。

旧幕府軍が福島村に向かって攻撃を開始したのである。指揮を執っているのは星恂太郎だ。砲撃が始まったら、渋沢成一郎が彰義隊を中心とする部隊を率いて小銃の射程圏まで峠を下ることになっている。

(さて、そろそろ熊穴から出てくるかな……)

土方が双眼鏡を目に当てる。

峠の上からは間断なく砲声が聞こえている。

無数の小銃音も聞こえている。

銃撃戦も始まったらしい。

(む?)

土方が眉を顰める。

白い山肌にぽっかりと黒い穴が空いた。入り口を隠していた枯れ枝の覆いが取り除かれたのだ。ぞろぞろと松前藩兵が出てくる。笠を被《かぶ》り、厚い綿入れの上に蓑《みの》を着て、蘭子と同じような藁靴を履いている。大砲はないようだが、ほとんどの兵が小銃を持っている。優に二百挺以上はあるだろう。

(あぶねえ、あぶねえ……)

土方が心の中でつぶやく。

松前藩兵が持っているのは、最も旧式のゲベール銃で、この先込め式の小銃は、一発撃つたびに、いちいち銃身を立てて、次の弾丸を装塡《そうてん》しなければならない。弾丸を発射するたびに射撃姿勢を崩すことになるわけで、当然、手間も時間もかかる。

その上、命中精度がよくない。

それでも操作に慣れていれば、一分間に二発や三発は発射できる。伏兵の存在を知らず、福島村に向かって知内峠を下っているところを、突然、背後から銃弾を浴びせられたら、どんな混乱が起こったかわからなかったであろう。一分間に六百発の弾丸を浴びせられれば大混乱が起こったことは間違いない。そこに四百の後詰めと囮の二百、合わせて六百の松前藩軍が旧幕府軍の真正面から攻めかかってきたら、どうなっていたことか……そんな想像をするだけで土方の背筋を冷や汗が流れ落ちる。この峠が土方の墓場になったとしても不思議はなかったはずだ。

「土方さま」

蘭子が声を潜めて呼びかける。

洞窟を出た松前藩軍とは、数百メートルも離れているから、普通に話したところで相手に聞こえるはずもないのだが、こういう緊張した場面では自然と声が低くなるものらしい。

「あれで全部だと思います。二百九十五人いましたから」

「え」

土方が蘭子の顔を見る。

「一人ずつ数えていたんですか」

「はい」

「まさか、小銃の数まではわからないでしょうね」

「二百二十挺ほどだったと思います」

蘭子が平然と答える。

これには、さすがの土方も驚いた。思わず、

「どうやって数えていたんですか?」

と訊いた。

洞窟を出てくる松前藩兵を数えながら、同時に小銃も数えるということが、なぜ、ひとつの頭の中でできるのか土方には理解できないのだ。

「は?」

何をそんなに驚いているのか、と怪訝《けげん》そうな顔で土方を見る。

(不思議な娘だ……)

土方もまじまじと蘭子の顔を見つめる。

どうやら頭の構造が蘭子と自分とでは違うらしい、ということだけは土方にもわかった。

「あの」

「何です？」

「まだ待つのでしょうか？」

「念のために、もう少し」

万が一、洞窟に松前藩兵が一人でも居残っていたら作戦は御破算になってしまう。土方たち五十人の存在を相手に気付かれないことが、この作戦の最も重要な点なのだ。

そのまま十五分ほど、その場に留まった。

松前藩軍は二列縦隊で峠を登っていき、今や最後尾を進む松前藩兵の姿が豆粒のようにしか見えなくなっている。

「よし。そろそろいいだろう」

土方が肩越しに振り返って合図を送ると、五十人の兵士たちがゆっくりと立ち上がる。

蘭子も立ち上がる。それを見て、

「あなたはここまでだ。この礼は、戦が終わった後でさせて頂く」

「一緒に参ります」

「駄目だ。危険だから」

土方が首を振る。

「これまで何度も危険な目に遭っています。藩兵の居場所を探り、それを土方さまたちに知らせることが危険でなかったと思われますか？」

「それとこれとは話が違う。これは鉄砲や大砲の撃ち合いだ。斬り合いなんですよ」

「承知しております」

蘭子がうなずく。

「刀なら、わたしだって持っておりますから」

「人を斬ったことはないでしょう」

「それはありませんが……」

「口先で何を言っても実戦では何の役にも立たない」

「わたしがいなければ困りますよ。土方さまは、この土地のことをご存じではないでしょう」

「ふうむ……」

蘭子の言う通りなのだ。

事前に斥候たちが調べたのは、知内から福島に向かう峠道だけであり、それは誰もが通る主要道である。峠道を外れた杣道《そまみち》であるとか獣道《けものみち》の類《たぐい》については何の下調べもしていない。相手に気付かれないように洞窟を出た松前藩軍を追うには、当然ながら、山の中を進まざるをえない。うっかり道に迷って時間を無駄《むだ》にするようなことがあれば、作戦に齟《そ》齬《ご》を生じることになりかねない。道案内してくれる者がいればありがたい。いや、どうしても必要だ、というのが土方の本心に違いない。

「このあたりの土地について、わたしはよく存じております」

小さい頃から男勝りだった蘭子は、下僕を引き連れて馬で遠乗りすることを日課にしていた。それ故、この近辺の山野は、蘭子にとっては自分の庭のようなものなのだ。

「わかった」

土方がうなずいた。

「今は一刻も争う。地理に詳しい者の案内が必要だ。同行してもらおう」

「はい」

蘭子がうなずく。誇らしげに頬が火照っている。

「これを預けよう」

土方がマントの下からピストルを取り出した。

コルトである。アメリカ製の連発式の短銃だ。

「戦が始まったら、離れた場所にいてくれ。ただ、戦では何が起こるかわからないから、万が一に備えて、これを持っていてもらう。刀で人を斬るのは大変だが、これなら引き金を引くだけでいい。もっとも、離れた相手に当てるのは難しいから、相手が手の届くくらいに来るまで待つことだ。それがコツだな」

「はい」

蘭子がコルトを受け取る。

「それじゃ出発だ。案内してもらおうか」

五

峠の頂上まで、およそ五百メートル。

三百の松前藩軍が物陰に身を隠しながら慎重に少しずつ斜面を登っていく。頂上に陣取って砲撃を繰り返す旧幕府軍に襲いかかる時機を窺《うかが》っているのであろう。

そこから、更に数百メートル後方を土方たち五十人が進んでいる。

大砲の音は間近で聞こえるが、小銃音は遠い。福島村を捨てて逃げ出した松前兵を、渋沢成一郎の率いる部隊が追走しているに違いない。

（ほどほどにしておけよ、渋沢さん）

土方が心の中でつぶやく。

福島村にいる松前兵は囮である。

やがて、旧幕府軍の前に、後詰めである四百の松前藩軍が現れるはずだ。囮を深追いしすぎると、渋沢の部隊が孤立する恐れがある。

そうなっては、まずい。

かといって、あまり消極的すぎるのもまずい。

というのも、土方の作戦は、敵の罠を逆手にとって、この戦いで一気に松前藩軍を壊滅させることが狙いなのだ。そのためには後詰めの四百を十分に誘《おび》き寄せる必要がある。言うなれば、渋沢の部隊もまた「囮」なのである。敵を深追いしすぎるのはまずいが、ある程度、積極的に追走しないと、こちらの意図を見破られてしまうかもしれない。そのあたりの匙《さじ》加減が難しいところで、渋沢の指揮能力が問われる場面といっていい。

うわあ――――っっっっっ
うわあ――――っっっっっ
うわあ――――っっっっっ

鬨《とき》の声がこだまとなって山々に響き渡る。

大音声が雷のように空から降ってくる。

（来たな）

土方の体が、ぶるっと震えた。

武者震いである。

まるで峠の頂上から見下ろしているかのように、福島村付近で起こっていることを、土方は鮮明に想像することができる。後詰めの松前藩軍が旧幕府軍の前に現れたのに違いな

かった。それと同時に、ひたすら逃げていた囮の二百も踵《きびす》を返して旧幕府軍に向かってい
るはずだ。都合六百の敵軍が一斉に襲いかかってきたのである。

　星恂太郎の本隊は大砲の周囲に布陣しているはずだから、六百の松前藩軍を迎え撃つ渋沢の部隊は二百五十程度にすぎない。

　砲撃が止んだ。敵味方が入り乱れて戦っている場面では大砲は役に立たない。闇雲に砲撃すれば、敵だけでなく味方も吹っ飛ばすことになるからだ。松前藩軍の逆襲を見て、渋沢の部隊を救援すべく、星が本隊を率いて峠を下っているはずであった。

（頼むぜ、星さん、渋沢さん）

　ここが正念場だ。

　松前藩軍が逆襲してくることは、わかっていたとはいえ、何しろ、敵の数は多い。万が一、渋沢と星が敵を支え切れなければ、土方の出番がやって来る前に戦いは終わる。旧幕府軍が負けるのだ。

（畜生、まだか。何をしてやがる。さっさと動け）

　土方が前方の松前藩軍を睨み付ける。三百の松前藩兵は頂上の手前で行軍を停止して、そのまま動かなくなってしまったのである。

　土方には、その理由がわかる。

　旧幕府軍が峠を下りきるのを待っているのだ。

その上で頂上に達し、眼下の旧幕府軍を狙い撃ちにしようという算段なのであろう。

土方にとっては腹立たしいが、

（うまいやり方だ）

と認めざるをえない。渋沢と星の部隊が敵軍に押されて後退を始めた頃合いに峠の頂上から攻撃を仕掛けることができれば理想的に違いない。そんなことになれば、松前藩軍は圧倒的な勝利を収めることができるだろう。

松前藩軍の先頭付近にいる一人の松前藩兵が動き出した。斜面を登っていく。斥候だ。

斥候が頂上に登っていき、姿が見えなくなった。

星の部隊の位置を確認しているのであろう。

やがて、また斥候が現れ、大きく手を振る。

それを見て、松前藩軍が動き出す。

三百の松前藩兵が立ち上がり、頂上目指して一斉に走り出す。

と、そのとき、一発の銃声が響き、斥候がぱったりと倒れた。

一瞬、松前藩軍の動きが止まる。

何が起こったのかわからない様子だ。

そこに、小銃音が続けざまに鳴り響いた。

人見勝太郎が指揮する百の部隊が松前藩軍の左右から攻撃を仕掛けたのである。百挺の小銃が一斉に火を噴いたのだから、その威力の凄まじさは言うまでもなかろう。

松前藩兵がばたばたと倒れる。またもや一斉射撃だ。

人見たちが装備しているのは連発銃なのだ。

ようやく松前藩軍も反撃を開始する。

不意を衝かれたといっても、三百の部隊である。人見たちの三倍だ。

激しい銃撃戦になる。

このまま戦いが膠着《こうちゃく》状態に陥れば、結局は数の差がモノを言うことになる。

が、そうはならない。

なぜなら、

（やっと、おれたちの出番だぜ）

と、土方歳三が立ち上がったからだ。

人見勝太郎の率いる百人、土方歳三の率いる五十人、この百五十人で三百の松前藩軍を壊滅させるというのが、土方の作戦のポイントだ。

従って、福島村付近で松前藩軍と戦っている渋沢と星の部隊は五百五十であり、敵の六百に劣っているが、装備の差を考えれば、ほぼ互角というところであろう。それ故、人見と土方は一刻も早く、この場で敵を壊滅させ、渋沢と星の応援に駆け付ける必要がある。

「約束だ。ここにいろ」

「……」

蘭子がこっくりとうなずく。目の前で展開されている激しい銃撃戦に茫然自失状態に陥ってしまったらしい。

土方たち五十人は、じりじりと松前藩軍の背後に迫る。できるだけ敵に発見されるのを遅らせるために木立の中に身を隠しながら進む。

その距離が百メートルになったとき、土方は五十人を散開させ、

「射撃用意」

と命じた。

土方が、さっと右手を振る。

五十挺の小銃が火を噴いた。

それほど大きな打撃を敵に与えたわけではない。

敵に命中したのは、せいぜい二十発くらいのものであろう。

だが、その効果は絶大であった。

人見の部隊と互角に戦っていた松前藩軍が、背後から土方軍に襲われた途端、

（挟み撃ちにされる）

という臆病《おくびょう》風に吹かれた。

土方と人見の兵力を冷静に見極め、自分たちの兵力と比較すれば、たとえ、挟み撃ちに

なったとしても、それほど恐れることはないとわかるはずだが、そういう冷静さを保つことができなくなっている。少しでも身軽に逃げようというのか、小銃を捨てていく者がいる。中には刀を捨てる者までいる。

だが、そんな松前藩兵の姿を、土方は笑う気にはなれなかった。もし、蘭子が松前藩軍の作戦を知らせてくれなかったら、惨めな敗走をしていたのは旧幕府軍の方だったかもしれないのだ。

峠を見上げると、人見の部隊が頂上に達するところだ。

砲声が響いた。

人見たちが眼下の敵に砲撃を開始したのであろう。

その音を聞いたとき、

(今日の戦は終わったな)

土方は勝利を確信した。

六

十一月二日の知内峠の戦いは、旧幕府軍の大勝利に終わった。総力を挙げて攻めかかってきた松前藩軍は数多くの武器を捨て、多数の死傷者を出して敗走した。日暮れまで旧幕府軍が執拗に追撃したため、松前藩軍は態勢を立て直すことができず、数キロにわたって、ひたすら逃げ続けた。

その夜、旧幕府軍は福島村に宿営した。

翌三日、土方は、福島村に布陣したまま、全軍に休息をとらせた。前日の激戦で兵士たちに疲労の色が見えたことと、松前藩軍の動静を分析するために、この日の行軍を控えたのである。

福島村から松前までは、二十キロ足らず。

本当ならば、前日の大勝利の勢いを駆って一気に松前を衝きたいのが土方の本音だったであろうが、敢えて、慎重な姿勢を崩さなかったのには理由がある。

吉岡《よしおか》峠であった。

福島村と松前の間に位置する吉岡峠は、この近辺で最も険しい峠である。峠の頂上に達する道はひとつしかなく、山間を縫うようなくねくねと曲がりくねった細い道を登らなければならない。要所に兵を配置すれば、少数で大軍を足止めできる天然の要害であり、吉岡峠に布陣した敵を真正面から攻めるには、恐らく、その十倍の兵力が必要であろう。

箱館を出発するときから、

(吉岡峠が戦の山場になる)

と、土方は覚悟していた。

これほど防御に適した場所がありながら、何故、松前藩軍は知内峠で決戦を挑むようなことをしたのか、と土方は疑問を感じる。吉岡峠に五百くらいの松前藩軍が配置されていれば、わずか七百の旧幕府軍では手も足も出なかったことであろう。

その理由を考えてみた。

土方には、

（臆病心のせいではないか）

という気がする。

吉岡峠を越えてしまえば、その先には平地が広がっている。松前までわずか数キロである。松前藩にとっては、吉岡峠が最後の砦《とりで》ということになるのだ。

松前藩軍とすれば、少しでも手前の知内峠で旧幕府軍を食い止めたいと考えたのに違いない。知内峠で戦をすれば、たとえ知内峠で敗れたとしても、まだ吉岡峠がある。二段構えの作戦を取ったのだ。そういう意味では、知内峠における敗北は最初から作戦に織り込み済みだったといえる。少なくとも負けた場合を覚悟して、次の吉岡峠での防衛戦を想定していたはずである。

が……。

ひとつだけ誤算があった。

負け方がひどすぎたのである。

知内峠での戦いにほぼ全軍を投入し、しかも、壊滅的な打撃を被った。旧幕府軍に追撃された松前藩兵は武器を捨てて逃げた。吉岡峠で踏み止まるはずだったのに松前まで逃げてしまった。そのことを、土方は四日に知った。吉岡峠に敵がいない、と斥候が報告してきたのである。

（嘘だろう）

最初、土方は、その報告を信じなかった。どれほど凡庸な戦術家であっても、この辺りの地形を考えれば、吉岡峠の重要性はすぐにわかる。城に籠もって戦うよりも、吉岡峠に布陣する方がはるかに効果的なのだ。

だからこそ、土方は、兵を休ませながら、吉岡峠の攻略について、じっくりと検討する時間を取った。それほど重要な拠点を松前藩軍は放棄したという。信じられない話だった。が、事実であった。

（奇妙だな、戦ってのは……）

しみじみと、土方はそう思う。

机上演習ならば絶対に起こりえないことが現実の戦争では往々にして起こる。

十一月四日、旧幕府軍は、悠々《ゆうゆう》と吉岡峠を越え、その夜は、峠の麓の荒谷《あらや》村に宿営した。福山城までは五キロ、指呼《しこ》の間といっていい。何も慌てる必要はなかった。

次の日、旧幕府軍は夜明け前に行動を開始し、福山城に迫った。さすがに城を守る松前藩兵の抵抗は頑強だったが、無傷で吉岡峠を越えたことで旧幕府軍の勝利は約束されていたといっていい。正午頃には決着がついた。絶え間のない砲撃によって城内のあちらこちらから火の手が上がった。搦手門《からめて》を突破して旧幕府軍が乱入すると、松前藩兵は城を捨てて逃げ始めた。

松前を制圧した土方は、九日まで兵を休養させた。

松前藩主と、それを守護する松前藩軍はもうひとつの城である館《たて》城に逃れたが、すでに戦争の帰趨《きすう》は決したので、土方は応援部隊が到着するのを待つことにしたのである。

短期間で松前を攻略することに成功したのは、誰が見ても指揮官である土方歳三の手柄だったが、当の土方だけは、

(あの人が松前藩の動きを知らせてくれたからだ)

と考えた。

福山城を陥落させた後、土方は蘭子を呼び、丁寧に礼を述べた。

「感謝の気持ちとして何か差し上げたい。遠慮なく言ってほしい」

「わたしを幕府軍に加えて下さい」

「敵討ちですか」

知内峠の戦の後、福島村で休息したときに、土方は、蘭子が敵討ちを決意するに至った事情を聞かされている。

「それだけではありません。父の遺志を継いで、徳川家のために尽くしたいのです」

「我々が大した被害もなく、ここにいるのはあなたのおかげだ。それで十分じゃありませんか。立派に徳川家に尽くしたといっていいと思いますが」

「戦はこの先も続きます。館城にも敵が籠もっているし、館城を落としても、やがて、海を渡って西軍が攻めてくるでしょう。その戦いにわたしも参加させてほしいのです」

「駄目だ」

土方は、ぴしゃりと撥《は》ねつけた。

「なぜですか？」

「女には戦はできない。ついでに言えば、敵討ちもやめた方がいい。もう、そんな時代ではない」

「……」

蘭子の顔色が変わる。怒りのために顔面蒼白《そうはく》となり、唇が小さく震えている。

蘭子は、長い髪の毛を後ろで束ねていたが、突然、その髪をつかむと、

「女だからと侮《あなど》られては困ります」

ばっさりと短刀で切り落としてしまった。

「とうの昔に女であることなど捨てております」

「……」

これには、さすがの土方も面食らい、

（何と気の強い……）

と呆れた。このやり取りを見ていたのが人見勝太郎で、

「差し出口をするようですが、わたしがこの人を預かりましょう」

と申し出た。

「何といっても、山下雄城殿の娘御だ。肝も据わっているようだし、今後、わたしたちの役に立ってくれるでしょう」

土方は苦い顔をしたが、

「人見さんがそう言うなら」

と承知した。人見が何を考えているか、土方にもわかったのである。松前藩の重臣であった山下雄城の娘を味方にすれば、松前の民心を得るのに役立つ、と人見は考えたのに違いなかった。物好きなだけで蘭子の後見を申し出たわけではない。この点、純粋に軍人である土方に比べると、人見は、はるかに政治家であるといってよかろう。

「これからは、わたしたちと同じ格好をしてもらうことになる。構いませんか？」

人見が蘭子に訊く。

いかに蘭子自身が「女であることを捨てた」と言っても、外見は美しい少女である。軍中に女がいることを公然と知らしめるのはまずいと判断し、男装させようと考えたのだ。

「結構です」

蘭子がうなずく。

「それじゃ、後のことは人見さんに任せる」

土方が立ち去ろうとしたとき、

「土方さま」

蘭子が懐からコルトを取り出した。

「これをお返しします」

「それは差し上げます」

「頂く理由がありません」

「知内峠でわたしたちを救ってくれたことへの感謝の気持ちだと思ってもらえばいい。それに、どうしても敵討ちをするつもりなら、いつか、それが役に立つはずですよ」

「……」

蘭子が迷っていると、

「もらっておきなさいよ」

人見が横から口を挟む。

「これからは仲間なんだ。まあ、その証《あかし》だと思えばいいんだから」

「わかりました。では、遠慮なく」

蘭子が頭を下げる。

土方は、すでに蘭子に背を向けて歩き出している。

それを見た蘭子の顔が強張《こわば》る。

(何と無礼な……)

とでも言いたかったのであろう。それを察した人見が、

「悪い人じゃないんだ。ただ、ちょっと愛想がなくてね。それで随分と誤解されている」

と取りなすように言った。

「……」

蘭子の顔は険しいままであった。

第三部　ロシア領事館

一

「こんな時間にどこに行くのさ」

目をこすりながら、スミが大きな欠伸《あくび》をする。

途端に体がぶるっと震える。

布団を出ると、寒さが身に沁《し》みる。

板敷きが冷たく、スミは爪先立ちである。

「箱館《はこだて》に行って来る」

身支度をしながら、藤吉《とうきち》が答える。

「箱館だって？」

スミが驚いたように目を見開く。

「何しに行くの？」

「箱館の外国人がどんなパンを食ってるのか調べてくる。和尚さまが紹介状を書いてくれたんだ」

「和尚さまの知り合いに外国人がいるの？」

「知り合いの寺の檀家に外国人と取引している商人がいるらしい。その商人の伝手《つて》で、外国人に紹介してもらう」

「何だか、ややこしいねえ」

「仕方がない」

「でも、箱館は危ないんじゃないの？」

スミが心配そうな顔をする。

旧幕府軍によって蝦夷《えぞ》地が平定されたことで、とりあえず平穏な日々が戻っているとはいうものの、新政府の間諜《かんちょう》の摘発が厳しく行われており、少しでも疑われると牢屋に放り込まれる、という噂《うわさ》をスミも耳にしている。

「パンの作り方を調べに行くだけだ。疑われたとしても、人見《ひとみ》さまから命じられたと言えば済む」

藤吉が框《かまち》に坐って、草鞋《わらじ》を履《は》く。

「いつ、戻るの？」

「さあ……」

藤吉が小首を傾《かし》げる。

何日かかるか自分でもわからない。

「心細いよ」

「幹太《かんた》を呼び戻せ」

幹太というのは、小野《おの》屋に奉公している小僧だ。

戦《いくさ》が起こり、商売が暇になったので、実家に帰している。

「やると決めたからには、いい加減なことはしたくないんだ。みんなが驚くようなパンを作りたい」

「わかったよ。頑張っておいで」

「おまえには悪いが……」

「平気だよ」

スミが腹をさする。

「この子と一緒なんだから」

「できるだけ早く戻る」

藤吉は笠を手にして外に出る。

まだ外は暗い。陽が昇っていないのだ。

暗い空に静かに雪が降っている。

「もう少し寝てろ」

スミに声をかけると、藤吉は戸を閉める。

笠を被《かぶ》り、顎紐《あごひも》を結ぶ。

腹に三十両の金を巻き付けている。人見からパン作りの費用として預かった金の一部だ。それを、ぽんぽんと叩くと藤吉は降り積もったばかりの雪を踏み締めて歩き出す。

箱館まで、およそ二十五里。百キロである。

どうしても途中で一泊することになる。

その日は木古内《きこない》まで歩き、農家に泊めてもらった。雪道を松前《まつまえ》から木古内まで歩き続けたことで藤吉は疲労した。その夜は泥のように眠った。

朝、起きるのが辛かった。まだ疲れが抜けきっていないのだ。

無理をして体調を崩したりすれば元も子もないと考えて、贅沢だとは思ったが、その農家の馬を雇って箱館に向かうことにした。おかげで道中は楽だった。箱館に着いたのは、松前を出た翌日の昼過ぎである。

安政元年（一八五四）三月、日米和親条約が結ばれ、下田《しもだ》と箱館が開港された。この条約締結によって、箱館は急激に繁栄し、一万人にも満たなかった人口が十五年でほぼ倍増した。

箱館の市街地は、海岸沿いの西から東に向かって地蔵《じぞう》町、内澗《うちま》町、大町《おおまち》、弁天《べんてん》町という
ように箱館湾を囲むように発展した。
当時、最も栄えたのは、内澗町一丁目から大町一丁目にかけての地域で、外国人居留地
が近く、外国人向けのホテルや酒場が密集していたこともあり、日本人よりも、むしろ、
外国人が歩く姿の方が多く目に付くくらいだった。
大町一丁目に白鳥坂《しらとりざか》という緩やかな坂があり、この坂を上りきると寺町通りにぶつかる。
名前からわかるように、この通りに沿って寺が並んでいる。西から順に、浄玄《じょうげん》寺、浄名《じょうめい》
寺、實行《じつぎょう》寺、行安《ぎょうあん》寺である。
遼海《りょうかい》の紹介状を手にして藤吉が訪ねたのは行安寺である。住職を慈照《じしょう》という。
慈照は遼海と同年輩らしく、かなりの高齢である。小柄で、顔が皺《しわ》だらけだ。もっとも、
肌の血色はよく、少しも衰えた様子はない。ただ、耳が遠いらしく、やたらに大きな声を
出すことに藤吉は閉口した。唾《つば》を飛ばしながら、怒鳴るように話す。
「遼海は達者か」
「はい。お元気です」
「臍《へそ》曲がりのひねくれじじいなど、閻魔《えんま》大王も迷惑なのじゃろうな、なかなか、あの世に
呼んでもらえぬのであろうて」
あははっと愉快そうに笑う。

「はあ」

藤吉としては何と答えていいかわからない。

「話はわかった。おぬし、パンを作るのか？」

「はい」

「パンで戦をするそうじゃのう。物知らずなので教えてほしいが、わしは、てっきりパンとは異人の食い物だとばかり思っていた。食い物で戦をするとはどういうことじゃ。毒でも混ぜて異人に食わせるのか、それとも、食べる以外に使い道があるのか？」

「戦をするときに食べるんです」

「どうやって、パンを作るんじゃ？　米から作るのか」

「ですから、それを習いに参ったようなわけでして……」

「誰に習うのじゃ？」

「ええっと……」

どうも話がうまく噛み合わない。

「異人と付き合いのある檀家を紹介してくれ、という遼海からの依頼で、なるほど、そういう者がいないではないが、その者がパンを作れるかどうかわしは知らんぞ」

「それは、どういう御方なのですか？」

「伊藤《いとう》屋といってな。大町の三丁目に店を構えておる。今の主《あるじ》は喜兵衛《きへえ》というが、十二になっても寝小便を垂れていたような奴《やつ》でな……」

慈照が言うには、伊藤屋は、元々、小間物を扱う小さな商店だったが、箱館に住む外国人が増えてくると、外国人向けに日用品や食材を納める商売を始めたのだという。店にある品物を売るというのではなく、注文された物を見付けてきて注文主に納めるというやり方をする。外国人が必要とする食材や日用品は、日本人が用いる物とは違っているので、こういう商売が成り立つのであろう。

今では商売も手広くなり、居留地の外国人はもちろん、外国の領事館などとも取引があるという。わずか十年ほどで、ちっぽけな小間物屋をそこまで育て上げたのだから、主の喜兵衛はなかなかの傑物なのであろう。ただの寝小便垂れにできることではない。

「伊藤屋さんを紹介して頂けますか？」

「よかろう。では、行くか」

慈照が立ち上がる。

「え。どこに？」

「決まっているではないか。伊藤屋じゃ」

慈照がすたすたと歩き出す。

藤吉も慌てて立ち上がり、後を追う。

こういう腰の軽さも慈照と遼海はよく似ている、と藤吉は思った。

二

行安寺は、寺町三丁目の外れにある。

寺を出た慈照は、振り返りもせずにすたすたと歩いていく。足が速い。ゆっくり歩いているると、たちまち引き離されてしまうから、藤吉は小走りにならざるをえない。

（これが七十過ぎの老人か……）

と、藤吉が呆れるほどの健脚である。

西隣の實行寺の前を通り、称名寺坂《しょうみょうじざか》を左に下っていくと、大黒町《だいこく》一丁目だ。そのまま仲之口《なかのくち》通りの緩やかな坂道を下ると、やがて、大町二丁目と三丁目の境に出る。そこを左に曲がって、真っ直ぐ、四丁目の方に向かっていくと伊藤屋という看板が見えてくる。

堂々とした店構えの表店《おもてだな》である。

暖簾《のれん》を潜って慈照が店に入っていく。

藤吉が後に続く。

「主はおるか」

帳場に坐っている若い男に慈照が声をかける。

「これは和尚さま」

若い男が立ち上がって丁寧に腰を屈《かが》める。

「今、呼んで参ります」

「うむ」

「お上がりになりますか？」

「そうさせてもらおう」

慈照が板敷きに上がる。

「おぬしも上がれ」

「はい」

藤吉がうなずく。

「そこで待てばいいのか」

慈照が廊下の方を顎でしゃくる。

どうやら伊藤屋の勝手はよくわかっているらしい。

「小僧にお茶と火鉢を運ばせます」

「忙しいところを済まぬな」

「とんでもない」

一礼して若い男が奥に向かう。主を呼びに行くのであろう。

「では、待たせてもらおう」

慈照が廊下の方に歩いていく。

小部屋がある。畳が冷え切っている。

「そこを開けると座布団がある」

なるほど、勝手知ったる他人の家というわけだ。

藤吉が襖《ふすま》を開けると、座布団が積み上げてある。二枚取り出して並べる。

「もう二枚、ついでに出しておきなさい」

「三枚ですか？」

「一枚は主、もう一枚は信蔵《しんぞう》さんの分じゃ。さっき帳場にいたのが信蔵さんでな。伊藤屋の跡取り息子じゃ。たぶん、信蔵さんも同席するじゃろう」

藤吉が座布団を並べているところに小僧たちがお茶と火鉢を運んできた。

「ありがたい。体が温まるぞ」

「そうですね」

湯飲み茶碗を手に取り、両手で包み込むようにしながら、ふーっ、ふーっと湯冷ましをする。掌から伝わってくる温かさが体の隅々にまで浸透し、凍っていた血液が溶け出すような気がする。それほどに体が冷えていたのだ。

「お待たせして申し訳ありません」

主の喜兵衛が現れた。慈照の言った通り、信蔵も一緒だ。

「実は、折り入って頼みがある」

「ほう、和尚さまが頼み事とは珍しい。どんなことでしょう」

「パンを作りたい」

「え」

喜兵衛が怪訝《けげん》そうな顔をする。

「パン？」

「戦をするのに使うらしい」

「戦に？」

「別に毒を混ぜるわけではないらしいがのう」

あはははっと慈照が笑う。

喜兵衛と信蔵が顔を見合わせる。慈照の話がまったく飲み込めないのである。慈照に任せていては、話が先に進まなくなってしまうという焦りが藤吉の口を開かせた。

「和尚さま、差し支えなければ、わたしからご説明させて頂きたいと思うのですが」

「おお、そうじゃ。わしが出しゃばるより、当の本人から話をさせた方が早い」

「あの……こちらの御方は？」

喜兵衛が藤吉に顔を向ける。

「松前で和菓子屋を営んでおります。小野屋と申します」

藤吉が自己紹介する。

「ああ、小野屋さんですか。すると、息子さんですね？」

喜兵衛は、小野屋の先代、すなわち、藤吉の父とは面識があるという。

「そうですか、小野屋さんの……。で、その小野屋さんがわたしどもに頼み事とは？」

喜兵衛が柔和な笑みを浮かべながら訊《き》く。知り合いの息子とわかったせいか、親しみの籠《こ》もった笑みである。それは藤吉のほうも同じで、少しばかり緊張感がほぐれた。

「実は、こういうことなのです……」

なぜ、松前から箱館にやって来たのかという事情を、人見勝太郎《かつたろう》が店先に現れた日のことから順を追って説明し始めた。

「ほう……」

話を聞き終わった喜兵衛は、顔を掌で撫《な》で下ろした。驚いているらしい。

「それはまた無茶ですねえ。いきなり和菓子屋にやって来て、パンを作れというのは」

「箱館にも、パンを作っている日本人なんかいませんよ。パンを売っている店もない」

信蔵が言う。

「何とか力になってやってくれんか」

「そうですねえ。パンを焼いているところといえば、港に停泊している外国の軍艦とか、領事館ということになりますか。居留地に住む外国商人の家でも、中には焼いているところがあるかもしれませんが……。パンが欲しいわけではなく、パンの作り方を学びたいということですね？」

喜兵衛が藤吉に訊く。

「そうです」

藤吉がうなずく。自分でパンを焼けるようにならなければ意味がないのだ。

「そうなると、ロシア領事館ですか」

「そうだな」

喜兵衛と信蔵が顔を見合わせてうなずく。

「頼めるのか」

「領事閣下は気さくな御方ですから、たぶん、快く了承してくれるのではないでしょうか。今日の午後、領事館に届け物がありますから、その折りに話をしてみましょう」

「よろしく頼む」

慈照が頭を下げる。

藤吉も慌てて頭を下げる。

「パン作りを学ぶとなると、一日や二日ではどうにもならないでしょう。通いになりますね。どこにお泊まりですか？」

「まだ決めておりません」

「寺に泊まればよい。ロシア領事館なら、すぐ近くじゃ」

「あの……」

藤吉が不安げな様子で口を開く。

「ロシア領事館というと、そこにいるのはロシア人ばかりなのでしょうが、わたしは外国語なんかちんぷんかんぷんなんです。それでパン作りを学べるものでしょうか」

「心配いりませんよ」

信蔵が微笑《ほほえ》む。

「領事館にはロシア人が十五人くらいいますが、それと同じくらい日本人がいますから」

「え。そうなんですか？」

「ええ……」

信蔵は、次のような話をした。

ロシア領事館では、領事のビューツォフとその家族、書記官、医務官、牧師、牧師補、通訳官、駐在武官など、総勢十五人ほどのロシア人が暮らしている。領事館は汐見町《しおみ》（現在の元町）にあり、雑木林を挟んで南部陣屋と隣り合わせに建っている。

蝦夷地の警備を任務として、幕府の指示で南部藩が設置したこの陣屋は、敷地が二万坪、周囲に空堀と土塁が巡らされた堅固な砦《とりで》であり、二百人ほどの南部藩士が配置されていた。

だが、幕末の政情不安から、南部藩は少しずつ兵員を減らし、明治元年（一八六八）八月には、すべての兵員を帰国させた。

陣屋の下働きをしていたのは現地で採用されていた箱館市民だが、南部藩の撤収と共にすべて解雇された。このとき解雇された者の多くが、そのまま隣のロシア領事館で雇われている。領事館の門番、植木の手入れをする庭係、洗濯係のばあさんたちなど、皆、陣屋から移ってきた者たちであった。

箱館に初代ロシア領事・ゴスケヴィチが赴任してきたのが安政五年（一八五八）のことで、翌年、汐見町に領事館が建設された。

当初、領事館では日本人の使用人をほとんど採用せず、女中などもわざわざ本国から連れてきた。ロシア人やフィンランド人の女中や下男である。

ところが、本国から遠く離れた極東の地での生活に心細さを感じるのか、それとも生まれつきの性質なのか、女中や下男が酒浸りになって、仕事を怠けるということが起こり始めた。アル中の使用人を解雇して、新たな使用人を本国から呼び寄せても同じことが起こる。試しに日本人の女中を雇ったところ、言葉が通じないという不便さはあるものの、骨身を惜しまずによく働く。怠けることもない。

ゴスケヴィチもその妻も、それまでは日本人を野蛮人として見下していたが、

「実に勤勉で真面目な者たちだ」

と見直し、それ以来、下働きのほとんどを日本人に任せるようになったという。

「厨房で下働きをしている日本人もいます」

「本当ですか」

藤吉は驚いた。

それが本当なら、そんなありがたいことはない。

言葉の心配がなくなる。

「領事館の厨房を任されているのは、ユガノフ殿というロシア人ですが、ユガノフ殿の手伝いをしているのは南部陣屋にいた次郎吉《じろきち》という男です」

「よろしく頼む」

慈照が言う。

「何とかしましょう」

喜兵衛と信蔵がうなずく。

三

慈照と藤吉は行安寺に戻った。

「離れを使うといい」

慈照は藤吉の宿舎として離れを提供してくれた。

「伊藤屋から連絡があるまで、ゆっくりと休むことじゃ。疲れているじゃろう」

「いや、そうでもありません」

「ふふんっ、鏡で顔を見ることじゃ」

慈照が笑う。

一人になってから鏡を見ると、目の下に色濃く隈《くま》ができており、顔色もあまりよくない。火鉢のそばで横になると、自然に目蓋が重くなってきた。旅の疲れが残っていたのであろう。いつの間にか眠ってしまった。

「小野屋さん、小野屋さん」

寺の小僧に体を揺すられて目を開けたときには昼過ぎになっていた。思いがけず三時間近くも眠ってしまったのである。藤吉自身が思っている以上に疲れていたのに違いない。

「和尚さまがお呼びです」

「あーっ、はい、はい」

寝ぼけ眼で起き上がり、小僧についていく。

慈照と一緒に待っていたのは、伊藤屋の信蔵であった。

「起こしてしまったようじゃな」

「つい眠ってしまいまして」

藤吉が恥ずかしそうに頭を掻《か》く。

「例のロシア領事館の件、うまくいきましたよ」

「え、本当ですか？」

「今、領事館の帰りです。領事閣下は、厨房でパンの作り方を学ぶことを快く了承して下さいました」

「ありがとうございます」

「いつから行きますか？」

「できるだけ早い方がいいんですが」

「それなら、これから挨拶に行きましょうか」

「え。これからですか」

藤吉が驚いたように言う。話の展開が急すぎて、少し戸惑っているのであろう。

「だって、早い方がよろしいんでしょう？」

信蔵がにっこりと笑う。

四

行安寺のある寺町三丁目から汐見町のロシア領事館まで、ゆっくり歩いても二十分くらいしかかからない。ロシア領事館は汐見町の中でも高台に位置しており、その上、三階建ての洋館だから、遠くからでも目立つ。左隣に白塗りの二階建ての家が並んでいるが、これは医務官の家である。更にロシア正教会もすぐ隣に建っているから、この一画だけは、まるで異国のような独特の雰囲気を漂わせている。

「……」

藤吉は、門の前で立ち止まり、領事館の建物を見上げた。足が竦《すく》んだのである。

「どうしました？」

信蔵が訊く。

「い、いえ……」

「入りましょう」

「はい」

信蔵に続いて門を通る。

正面の扉や窓枠にはすべて白いペンキが塗られ、壁には赤レンガが使われている。白と赤の対照が鮮やかであった。

呼び鈴を鳴らすと日本人の女中が現れた。洒落《しゃれ》た洋館には似つかわしくないような泥臭い顔をした婆さんである。

「あら、伊藤屋さん。一日に二度も来るなんてどうなさったんですか」

「領事閣下にお目にかかりたいんですが、いらっしゃるかな」

「お伝えしてきます。応接室でお待ち下さいまし」

　婆さんが奥に下がる。

「それじゃ、こっちで待たせてもらいましょう」

　信蔵が応接室に向かう。当たり前だが椅子やテーブル、ソファなど、すべて西洋風の調度品である。藤吉は信蔵と並んでソファに腰を下ろしたが、何となく尻のあたりがむず痒《がゆ》い気がして落ち着かなかった。その気配を察したのか、

「小野屋さん、大丈夫ですか？」

　と、信蔵が声をかけた。

「はい……いや、正直なところ、このまま帰りたいくらいです」

「わかりますよ。わたしも最初はそうでしたから。相手の言葉もわからないし、やっぱり、不安でしたよ。でも、慣れてしまえば、外国人だって、別に日本人と変わりありません。こちらが誠実に接すれば、向こうも誠実に対応してくれます。肌の色や言葉が違っても、結局、同じ人間なんですから」

「そういうものですか」

　何とか藤吉が心を落ち着かせようとしているところに、突然、髭面《ひげづら》の大男が現れた。領事のビューツォフである。

「ドーブルィー　ヂェーニ！」

こんにちは、と挨拶しながら片手を上げる。

信蔵が素早く立ち上がってビューツォフを迎える。

藤吉も、慌てて立ち上がる。

ぎょろりとした目、大きな鷲鼻《わしばな》と大きな口、真っ白な肌に染みとそばかすの浮いた赤ら顔……顔の作りが日本人とはまるで違っている。

ビューツォフは身振りが大袈裟《おおげさ》で、声が大きい。

それらは、どの国の外交官にも共通する特徴なのだが、藤吉にはそんなことはわからない。すっかり萎縮《いしゅく》してしまった。

「オーン　ガワリート　パ　ルースキ?」

「ニエト　オーン　ニュ　ガワリート」

信蔵が答える。

ビューツォフが何を言っているのか、藤吉にはさっぱりわからないのだが、大きな目で藤吉を見つめる表情が恐ろしげに見えて、

(何か怒っているのか……)

背筋を冷や汗が滴《したた》り落ちる。

「ロシア語が話せるか、というご質問なので、話せません、と答えただけですよ」

信蔵は素早く通訳すると、またロシア語で何かビューツォフに話し始めた、その中に、

「藤吉」という言葉が聞き取れたので、

（ああ、わたしのことを紹介しているんだな）

と、藤吉にも察せられた。

と、ビューツォフが藤吉に近付いてきて、何か言いながらいきなり藤吉を、ぎゅっと抱き締めた。力が強いので、一瞬、胸を圧迫された藤吉は呼吸が止まった。

「しっかりやるように、と励まして下さっているんですよ」

ビューツォフの言葉を信蔵が通訳してくれる。

「あ、あの……」

「お礼を申し上げればいいのです。日本語で構いませんよ」

「ありがとうございます。ありがとうございます……」

藤吉が言うと、ビューツォフは、わはははっと笑いながら、藤吉の背中を、ばんばんと叩いた。本人は軽く叩いたつもりなのだろうが、藤吉はひっくり返りそうになった。

「ダスコーライ　ノーヴァイ　フストリェーチ！」

では、また、と言いながら、ビューツォフは足早に応接室から出ていった。藤吉は、呆然とビューツォフの背中を見送った。まるで嵐に襲われたような感じがした。

「さあ」

信蔵が藤吉の肩に手を載せた。

「厨房へ行きましょう。領事閣下への挨拶も済みましたから」

「あれでいいんですか？」

「何がです？」

「だって、わたしは何も……」

「いいんですよ」

信蔵が藤吉の耳元に口を寄せる。

「実のところ、あれだけ早口で捲《まく》し立てられると、わたしだって、向こうが何を言ってい
るのか半分くらいしかわかりません。でも、いいんです。領事閣下は、細かいことを気に
なさらない御方ですから」

五

信蔵と藤吉は厨房に挨拶に行った。

「ここの厨房を預かっているのは、イワン・ユガノフ殿と申されます」

「いわん殿？」

「いいえ、ユガノフ殿です。外国人というのは、名前が最初で、姓が後に続きます。日本
人とは逆なんですよ。イワンというのは、信蔵というのと同じです。ですから、ユガノフ

殿と呼ぶか、それとも、普通に親方と呼べばいいでしょう」

「わかりました」

厨房に入ると、小柄な中年男が床掃除をしていた。

日本人である。

「次郎吉さん」

信蔵が声をかける。

「ああ、これは伊藤屋の若旦那さん」

床掃除の手を止め、次郎吉が丁寧に腰を屈める。

「親方は？」

「あっちで寝てます」

「寝てる？　具合でも悪いのかね」

「まさか」

次郎吉が口許を歪《ゆが》める。

「酔っ払ってるんですよ。いつものことです。起こしますか？　でも、酔って寝ているときに起こすと機嫌が悪いですよ」

「それは困ったな」

「お急ぎですか？」

「こちらは、小野屋さんというんだが、ここでパンの作り方を教えてもらうことになった。領事閣下のお許しは頂いている。親方にも挨拶をしておいた方がいいと思ってね」

「それなら大丈夫でしょう。親方が起きたら、わしから話しておきます。パンは、毎朝、ここで焼いていますから、明日の朝、ここに来ればいい」

「それでいいのか？」

「親方は、細かい礼儀なんかにはこだわりませんよ。大体、いつも酔ってるんですから。厨房にいる日本人が一人くらい増えても気が付かないかもしれない」

「そんなはずはないだろう」

「それくらい大雑把《おおざっぱ》だということです」

「それじゃ、いつ頃、ここに来ればいい？」

　信蔵が訊く。

「そうですね。七つ（午前四時頃）ではちょっと早すぎるでしょうから、明け六つ（午前六時頃）でいいんじゃないですか」

「明日からは小野屋さんが一人で来るからよろしく頼むよ」

と言いながら、信蔵は、紙をひねったものを次郎吉の手に握らせる。次郎吉は、何食わぬ顔で紙ひねりを袖《そで》にしまう。

　それを見て、

（あ）

藤吉は唇を噛んだ。ロシア語など、まるっきりわからない藤吉がこれから厨房で頼りにしなければならないのは、この次郎吉なのである。藤吉の存在など、次郎吉にとっては厄《やっ》介《かい》以外の何物でもあるまい。次郎吉が藤吉の世話をしなければならない理由など何もない。余計な仕事が増えることを忌《い》むことはあっても喜ぶはずはない。

当然、ある程度の謝礼は用意するべきであった。

藤吉は、己の迂《う》闊《かつ》さに腹が立ったのである。

「では、明日からよろしく」

「お願いします」

「へえへえ」

次郎吉が愛想笑いをする。

「行きましょう」

信蔵と藤吉は厨房を後にした。

帰り道、領事館を出て、しばらく歩いたところで、

「伊藤屋さん」

と、藤吉が声をかけた。

「はい」

「申し訳ありません」

「何のことですか？」

信蔵が怪訝そうに藤吉を見る。

「慈照さまにも、伊藤屋さんにも甘えてばかりでした。次郎吉さんのこともそうです。こんな面倒なことをいろいろとお願いしているのですから、当然、お礼をさせて頂かなくてはなりません。最初にきちんとお話しするべきだったのに、何も考えていなくて……。お恥ずかしい限りです。どれくらいお礼をすればいいか、おっしゃって下さいませんか」

「何だ、そんなことを気にしていたんですか。深刻な顔をするから、何かこちらに不手際《ふてぎわ》があったのかとびっくりしましたよ」

信蔵が笑う。

「不手際だなんてとんでもない。こんなにお世話になっているんですから、どんなに感謝してしても足りないくらいです」

「いいんですよ。謝礼なんて結構ですから。気になさらないで下さい」

「でも、それでは……」

「気が済まないとおっしゃるんですか？」

「はい」

「ふうむ……確かに、そう言われてみれば、小野屋さんが気になさるのも、もっともかもしれません。でも、今度のことは、うちにとっても悪い話ではないんですよ」

「え。それはどういう意味でしょうか？」

「もちろん、慈照さまからの頼み事だからお引き受けしたのは本当ですが、それだけではありません。小野屋さんは、幕府軍の依頼でパンを作ろうとなさっている。そのお手伝いをするというのは、伊藤屋としてもありがたいことなんです。幕府軍とほんの少しでも繋がりができるわけですからね。もっとも、あまり繋がりが深くなっても困るんですが……」

信蔵の説明は、こうである。

箱館府が津軽《つがる》に逃げ、松前藩が屈服したことで蝦夷地における戦争は終わった。今では蝦夷政府が箱館を支配している。戦争は終わったものの、蝦夷政府による箱館府の残党狩りは、その後も執拗に続けられている。戦が片付いた後も、箱館に残留した箱館府の下級役人たちが中心となって作り上げた秘密組織が、蝦夷政府の情報を新政府に知らせたり、蝦夷政府の統治政策を妨害するという事件が起こっていたからである。

例えば、箱館府の軍事局に勤めていた村山次郎《むらやまじろう》が組織した「遊軍隊《ゆうぐんたい》」などは、箱館府の役人だけでなく、武士、神官、医師、農民、職人、商人など、様々な階層の人々を網羅しており、その数も、当初、五十人ほどだったのが、次第に増えて最終的には百二十人ほどになっている。「遊軍隊」は、後に新政府軍が蝦夷地に侵攻した際、組織的な破壊活動を行って蝦夷政府に大きな打撃を与えている。

これらの秘密組織の摘発を行ったのは、蝦夷政府の「特務」である。簡単に言えば、旧幕府の「岡っ引き」のようなものだと思えばいい。「特務」には、かつて岡っ引きだった者や、岡っ引きの手先を務めていたような者が採用されている。やり方は旧幕府時代そのままで、実に荒っぽい。証拠などなくても、少しでも疑われると捕縛されるし、商家ならば営業停止を命じられてしまう。

蝦夷政府の意向を笠に着た「特務」が、商家に因縁をつけて金を強請《ゆす》るということが、このところ頻繁に起こっている、と信蔵は言う。

金を出すことを拒むと、

「こいつは怪しい」

と、お縄にされてしまうというのである。

伊藤屋の商売のほとんどは外国人相手だが、日本人と商売しないわけではないし、その中に箱館府の関係者もいないことはない。

「こんな狭い町で商売しているんですから、長く商いを続けていれば、そんな繋がりのひとつやふたつは、自然とできてしまいますよ」

今のところ、伊藤屋に「特務」は現れていないが、それも時間の問題だという。

「なるほど」

そこまで話を聞いて、藤吉にも事情が飲み込めた。

伊藤屋に「特務」がやって来たとき、蝦夷政府と何らかの繋がりがあれば、「特務」の言いなりにならなくても済む、という計算があるのだ。

蝦夷政府との繋がりが深くなりすぎても困る、という話もわかる。

要するに、伊藤屋は、蝦夷政府が長続きするとは見ていないということだ。いずれ新政府が戻ってきたとき、あまり蝦夷政府と深く関わっていると、今度は新政府に罰せられることになる。それは困るということなのだ。

「ですから、小野屋さんのお手伝いをするのは伊藤屋にとっても助かることなんです。ただ、それでは縁が薄すぎるかもしれませんから、松前でパン作りを始めるときに何か必要な物があれば、うちに注文して頂けないでしょうか。松前で手に入る物を箱館に注文するのも馬鹿らしいでしょうが、パンの材料などで、ひょっとすると箱館でしか手に入らない物もあるかもしれませんからね。うちならば、外国との取引もありますから、大抵の物は手に入ります。決して儲けようというのではありません。幕府軍に品物を納めることができれば、うちとしても本当にありがたいんです。わかって頂けますか？」

「わかります」

藤吉がうなずく。

信蔵の話の筋道は通っている。

そう言われてみれば、藤吉に手を貸すことは伊藤屋にとっても悪い話ではないのだ。パン作りの材料を調達するという形で蝦夷政府と繋がりができれば「特務」に難癖をつけられたときに役に立つであろうし、将来、新政府が箱館の支配権を奪い返したときにも、その程度の薄い繋がりならば処罰されることもない。もし、新政府に罰せられるとすれば、蝦夷政府のために軍用食であるパンを実際に作った藤吉であろう。

伊藤屋がそこまで考えて藤吉に手を貸しているのならば、藤吉としても、

(厚意に甘えさせて頂こう)

と素直に考えることができる。

「何か困ったことがあったら遠慮なくおっしゃって下さい」

「ありがとうございます」

藤吉は丁寧に頭を下げた。

六

翌日、次郎吉に言われた通り、藤吉は明け六つにロシア領事館を訪ねた。冬は日の出が遅いため、まだ夜は明けていない。暗い雪道を、行安寺から領事館まで藤吉は一人で歩い

た。昨日は表から入ったが、この日は裏口から入れてもらった。裏口の戸を開けてくれたのは、昨日の婆さんである。

「おはようございます」

藤吉が挨拶すると、

「ご苦労さま」

婆さんがにっこりして厨房に案内してくれた。

厨房には明かりがつき、人が動き回る気配がしている。

「おはようございます」

と挨拶しながら厨房に入ると、次郎吉が忙しげに立ち働いていた。

「ああ、小野屋さん。おはようございます」

次郎吉は手を休めずに答える。

（親方はどこだろう？）

藤吉が厨房を見回す。次郎吉の姿しか見えないのである。

「親方はお留守ですか？」

「奥にいますよ。ひどい二日酔いでね。迎え酒だと言って、また飲んで寝たんですよ」

次郎吉が声を潜める。

「寝てるんですか？」

「仕込みを済ませて、さっき横になったばかりですよ。後のことは、わし一人でもできますからね。パンももうすぐ焼きますから」

「え」

　藤吉が驚く。

「もうパンを焼くんですか？」

「ええ、そこに」

　次郎吉が顎をしゃくる。

　鉄板の上に形を整えられた白っぽい生地が幾つも並べられている。これらの生地をオーブンで焼けば、パンになる。

「いや、それは……」

　藤吉は困惑した。生地を焼くところを見ても仕方がないのである。どんな材料を使って生地を作り、どんな風に生地をこね上げてパンにするのか、という具体的なパン作りの作業を段階を追って学びたいのだ。そのやり方を身に付けなければ、自分でパンを焼くことはできない。

「何だ、そうだったんですか」

　次郎吉が申し訳なさそうな顔をする。

「仕込みは夜中にやっちまうんですよ。だから、親方はこの時間には寝てるわけでして」

「パンを焼くのは朝だけなんですか？」

「へえ」

朝に一日分のパンをすべて焼いてしまうという。

ということは、仕込みの作業を見学するには、藤吉は、また今夜、出直さなければならないということになる。

「すいません。うっかりしちまって。きちんと話しておけばよかったですね」

「いいんですよ」

自分が何を望んでいるか、昨日、きちんと次郎吉に話さなかったことが悪いのだ、と藤吉は唇を嚙んだ。仕方がないから朝食の支度を手伝った。

朝食のメニューは質素だ。

飲み物はコーヒー、紅茶、レモネード、牛乳。主食はバター付きのパン。副食は半熟卵、ハム、ベーコン、チーズ、ピクルス、酢漬《すづ》けキャベツ、ポテト、トマトなど。デザートがパイである。

「そんなに忙しいわけじゃないんです」

半熟卵を茹《ゆ》でたり、ハムやチーズを切り分けて各自の皿に盛り付けるだけだ。パイは前日の残りを食べる。コーヒーや紅茶は食事が始まってから淹《い》れるので、事前にお湯をたくさん沸かしておけばいい。

「だから、わし一人でも手が足りるんですよ」

次郎吉が笑う。

藤吉は盛り付けを手伝いながら、

「これは何でできてるんですか？」

「ハムですか。それは、豚肉を塩漬けにして薫製《くんせい》にしたものですよ。ロシア人に限らず、外国人はよくハムを食べます」

「ふうん、豚肉の薫製か……。これもハムですか？」

「それは、ベーコンといいます。それも肉の薫製ですが、ハムに比べると脂が多いでしょう。ハムは生でも食べますが、ベーコンは焼いて食べます。カリカリになるくらいに焼いて食べるのがうまいようです。わしは苦手ですがね」

「これは何ですか？」

「チーズです。牛の乳から作ります。水を抜いて固めてから、カビと一緒にして何日か放っておきます」

「カビですって？　腐っちゃうじゃないですか」

「いや、腐りはしません。チーズは親方が作ってるんで、詳しいことはわからないんですが、時間が経つと、ぷーんといい匂いがしてくるんですよ」

「確かに匂いは強烈ですね」

藤吉には、とてもいい匂いだとは思えない。

「慣れるとうまいもんです」

次郎吉は、藤吉の質問に丁寧に答えながら、ハムやチーズなどを少しずつ味見させてくれた。パンの作り方を学ぶことはできなかったが、日常、外国人が食べている物について、多くのことを知ることができた。それらの知識は、今後、藤吉にとって必ずや役に立つはずであった。

「おかげで助かりました」

次郎吉が汗を拭《ぬぐ》いながら礼を言う。盛り付けが終わったのである。

「後は、パンを焼くだけですから、わし一人でも大丈夫です」

「パンを焼くのを見ていてもいいですか？」

「構いませんよ。いつも、この時間は一人でね。話し相手もいなくて退屈なんですから」

次郎吉が茶碗と刷毛《はけ》を手にして鉄板に近付く。そこには、饅頭《まんじゅう》よりも少し大きいくらいの丸い生地がきちんと並べられている。

「何をするんですか？」

「これ、牛の乳なんですが……」

次郎吉は茶碗を藤吉に示す。

茶碗の中にはしぼりたての牛乳が入っている。

「パンを焼く前に、表面にさっと塗ると、焼き上がったときの色艶《いろつや》がよくなるんですよ」

「へえ」

「牛の乳でなくても、水でもいいらしいですが、うちの親方は牛の乳を使いますね。卵を塗るなんていう話も聞いたことがあります」

次郎吉が牛乳に浸した刷毛でパンの表面を軽く、素早く濡らしていく。

「やってみますか？」

「いいんですか」

「ええ、どうぞ」

刷毛と茶碗を受け取り、藤吉もパンの表面に牛乳を塗ってみる。

「ほんの少し湿らせる程度でいいんです」

「なるほど」

「で、最後に……」

次郎吉がナイフを手に取り、生地の表面にナイフで切り込みを入れ始めた。

「焼き始めると、すぐにパンが膨らみ始めますが、そのままだと膨らみすぎて形が悪くなるし、ひどいときには破裂してしまいます。こうすると、きれいに膨らみます」

慣れた手つきで、次郎吉が次々に切れ込みをいれていく。

「熱気をパンの中から出してやるわけですね」

「ええ。どうぞ」

次郎吉がナイフを差し出す。

「大丈夫かな」

「親方には内緒ですよ。わしも、ほんの一月前から任されたばかりですから。これに失敗すると、パンの出来映えが悪くなるんで、なかなか、任せてもらえなかったんです。小野屋さんは素人じゃないんだから平気でしょう」

「……」

そう言われて、藤吉も緊張した。次郎吉のやり方を真似して、慎重に切り込みを入れる。

「どうでしょう？」

「うまいもんです」

「ありがとうございます」

藤吉も一人前の和菓子職人なのだから、コツを飲み込むのは早い。慣れてしまえば、和菓子の細かい細工よりも易《やさ》しい。

「それじゃ、パンをオーブンに入れましょう」

「おーぶん？」

「竈《かま》ですよ。ただ、日本の竈に比べると、よほど頑丈にできてますね」

次郎吉がオーブンを開けると、中から熱気が噴き出してくる。思わず、藤吉は、「おおっ」という声を上げた。まともに熱気を浴びると、顔を火傷《やけど》してしまいそうだ。小野屋の厨房にも竈はあるが、火力の強さがまったく違う。

「パンを焼くには、こんなに強い火がいるんですか？」

「弱火だと、うまくパンが焼けません。外側が少し焦げていて、中身がふっくらと柔らかいのがおいしいパンですが、そういう焼き方をするには、強火がいりますね」

「どれくらいの強さなんですか？」

「そうですねえ……」

　次郎吉が思案する。

「小野屋さんは、天麩羅《てんぷら》を食べますか？」

「天麩羅蕎麦《そば》くらいなら食べたことがありますが」

「自分で天麩羅を揚げることは？」

「揚げ餅《もち》くらいですかね」

「このオーブンの火の強さは、海老を天麩羅で揚げるときと同じくらいの強さなんです。衣のさくさくした天麩羅を揚げるには、油の温度を高くしないといけないでしょう」

天麩羅ってのは、油の温度が低いとべったりとした感じになるじゃないですか。衣のさく
「ああ、それならわかります」

　つまり、二百度くらいということであろう。

「このオーブンには石炭を使ってるんですよ。石炭はよく燃えます。薪《まき》なんかとは比べものになりません。よほど頑丈な竈でないと、竈が燃えてしまうくらいです」

「ふうん……」

藤吉は、腕組みしてオーブンの中で燃え上がる炎を見つめた。日本の竈というのは、それほど頑丈なものではない。そもそも飯を炊いたり、味噌汁を煮たりするくらいのことにしか竈を使わないのだから、それほど火力を強くする必要がないのだ。

次郎吉がパンを載せた鉄の板をオーブンに入れる。

「さあ、後は待つだけです」

「どれくらいかかるんですか？」

「パンの大きさにもよりますが、あれくらいの大きさだと四半刻（三十分）というところですかね。もっとも、日によって、火の強さとか、パンの固さとか、いろいろ違ってきますから、こまめに覗くようにしています」

「見ただけでわかりますか？」

「今は。前はよくわからなかったんで、指でつついたりしてましたけど」

「ふむふむ」

そういうところは和菓子作りと変わらないな、と藤吉は思う。

やがて、ぷーんといい匂いがしてきた。

パンが焼けてきたのだ。

「もうすぐ焼けます」

次郎吉がオーブンを覗きながら言う。

「いい匂いですね」

「ええ。飯を炊いても、別にいい匂いはしないけど、パンは違う。実にうまそうな匂いがする。わしは、この匂いが好きですよ。さあ、もういいでしょう」

次郎吉がオーブンを開け、中から鉄板を取り出す。

きれいに焼き上がったパンが湯気を立てている。

「小野屋さん、これ、ひとつ持っていって下さい」

次郎吉が紙にパンを包んで藤吉に渡す。

「え。いいんですか？」

「手伝ってくれたお礼です」

次郎吉がにっこりと笑う。

「それじゃ遠慮なく」

「今夜ですが、仕込みは、いつも八つ（午前二時頃）から始めるんで、その頃に来て下さい。裏口を開けておきますから」

「わかりました」

「差し出がましいようですが……」

「何です？」

「親方には、少しばかり謝礼という形で金を渡した方がいいと思います。根は悪い人じゃありませんが、ひどい酒飲みで、気分にムラのある人だから。最初に金を渡しておけば、あまりうるさいことも言わないと思いますよ」

「いくらくらい渡せばいいですかね？　そういうことに疎《うと》いので教えて下さい」

「二分も渡せば、客人として大切に扱ってくれると思いますよ」

「わかりました。用意しておきます」

「それから……」

「はい？」

「いや、いいんです。今夜、待ってますから」

次郎吉の言い方がちょっと気になったが、気分が高揚しているせいか、藤吉はそのことをあまり深くは考えなかった。

（いよいよ、今夜、パンを作れる）

と思うと、興奮で体が震えてくるのであった。

七

その夜、八つになる少し前、藤吉はロシア領事館を訪れた。領事館も、その横に並んで建っている医務官の家も、窓は暗く、どこにも明かりは灯っていない。静まりかえっている。

藤吉は裏口に回った。

ドアには鍵《かぎ》がかかっていない。次郎吉が外しておいてくれたのであろう。中に入る。

暗い廊下を進むと、厨房から明かりが洩れているのが見えた。

「小野屋さん」

暗がりで声をかけられて、藤吉は飛び上がりそうになった。

「すいません。驚かせてしまいましたか」

「何だ、次郎吉さんか」

「そろそろ、いらっしゃる頃だと思って、裏口で待っていようかと思ったんです」

「そうだったんですか」

「申し訳ないんですが、もう少し、ここで待ってもらえますか」

「何かまずいことでも？」

「いや、そうじゃないんですが……」

奥歯に物の挟まったような言い方をして、次郎吉はそれきり何も説明しようとしない。仕方がないから藤吉も黙っている。

十分くらい経ったであろうか。

厨房から大きな声が聞こえた。ロシア語である。

「親方だ。今夜は早く終わったな。ところで、あれは用意してきましたか？」

「親方への謝礼ですね。持ってきました」

「よかった。それじゃ、中に入りましょう」

次郎吉と藤吉が厨房に入る。

そこに大柄なロシア人がいた。

領事館の厨房を預かるイワン・ユガノフだ。

イワンの髪の毛は縮れた赤毛で、その赤毛と同じくらいに頰が赤い。酒焼けである。かなり肥満しており、腹が酒樽のように膨れあがっている。でっぷりとした二重顎で、口を半開きにして犬のようにハアハアとせわしなく呼吸している。

「クトー　ヴィ？」

イワンが藤吉を胡散《うさん》臭そうに見遣《みや》る。おまえは誰だ、というのである。

藤吉は黙っているしかない。

すかさず、次郎吉がロシア語で何か言う。

「小野屋さん」

次郎吉が目で合図する。

(そうだった)

慌てて懐《ふところ》から小さな紙包みを取り出す。中には謝礼が入っている。藤吉の手から紙包みを受け取ると、次郎吉は何か言いながら、それをイワンに渡す。

「シトー　エート　タコーエ？」

これは何だ、とつぶやきながら、イワンが紙包みを開く。中から一分金が二つ出てくる。

それを見て、イワンが鼻腔《びこう》を膨らませ、ふたつの目を大きく見開いた。金の小粒を摘《つま》み上げて、目の前にかざす。

「ゾーロト　プラーヴィト　ミーロム……」

うなずきながら、ぶつぶつとロシア語をつぶやく。

見るからに満足げな様子だ。世の中、金だからな……とでも言っているのであろう。

それを見て、

(次郎吉さんのおかげで助かった)

と、藤吉は思った。

イワンが次郎吉に早口で何か言う。

ダー、ダーと言いながら次郎吉がうなずく。

「好きなように見学していいそうです。何かわからないことがあれば質問しろと言ってます。機嫌がよさそうですよ」

イワンの言葉を次郎吉が藤吉に通訳する。

「よろしくお願いします」

藤吉が頭を下げると、イワンが何度もうなずきながら金の小粒をポケットにしまう。イワンの顔からは先程までの険しい表情が消え、今にも鼻歌でも歌い出しそうな柔らかい表情になっている。

「さあ、こっちです」

次郎吉が藤吉を洗い場の方に誘《いざな》う。

(あ)

藤吉は思わず声を上げそうになった。

洗い場に大きな盥《たらい》のような器が置いてあり、その中に白っぽい塊《かたまり》がある。パンの生地であろう。それを見て、

(これがパンになるんだな)

と、藤吉にはわかった。

声を上げそうになったのは、それが元の材料そのままの姿ではなく、すでに混ぜ合わされた後だったからだ。これでは今朝ここで見た物とあまり変わらない。何のために真夜中に厨房にやってきたのかわからない。

次郎吉を見ると、次郎吉がじっと藤吉を見つめている。その目を見て、

(次郎吉さんは知っていたんだな)

と、藤吉は直観した。

さすがに腹が立ってくる。領事館に着いて、すぐに厨房に入れば、こんなことにはならなかったはずだ。厨房の前で無駄《むだ》な時間を過ごしたことが悔やまれた。

(何で、あんなことを……)

次郎吉がわざと邪魔したとしか考えられなかった。

なぜ、そんな意地悪なことをするのか藤吉には理解できない。藤吉の印象では、次郎吉はそんなに悪い人間には思えないからだ。

藤吉が頭の中で考えていることを、藤吉の表情から察したのであろうか、

「小野屋さん、とりあえず、作業を進めましょう」

申し訳なさそうな顔で次郎吉が言う。

「……」

藤吉が無言で洗い場に近付く。

「パンは小麦の粉から作ります。小麦の粉には、あらかじめ塩を少し混ぜてあります。塩は、お湯に溶かすのではなく、小麦粉に混ぜないと駄目です。それがコツですね。このお湯の熱さは、人肌より、少しぬるめというところでしょうか。お湯にはパン種が混ぜてあります」

「パン種？」

「その話は、また後でしますから」

「……」

次郎吉の口調から、

(今は、パン種のことに触れてほしくないのだな)

と察せられたので、藤吉は口を閉ざした。

「そのお湯と小麦粉を、ざっと混ぜ合わせたのがこれです」

次郎吉が盥の中の生地を指差す。

やはり、下準備は終わっていたというわけだ。

「これをこねるわけです」

「……」

「親方がいるんで、小野屋さんにやってもらうわけにはいきません。見ていて下さい」

「わかりました」

次郎吉が生地をこね始める。

途中で一度、イワンが生地を味見して、

「チェーチ　チェーチ　ソーリ」

と、つぶやきながら、ひとつまみの塩を生地に加えた。塩が足りなかったらしい。

十五分くらい経つと、イワンが次郎吉に声をかける。

「ダー、ダー」

次郎吉が返事をする。どうやら生地をこねる作業が終わったらしい、と藤吉にもわかった。生地の出来具合を確かめた後、

「スパコーイノイ　ノーチイ！」

おやすみ、と言い、大きな欠伸をしながら、イワンは奥に引っ込んだ。

「こね上げた物を、暖かいところで寝かせます。そうですね、さっきのお湯と同じように人肌くらいの暖かさですかね」

次郎吉は盥を両手で抱え上げると、ストーブのそばに運ぶ。

「すいませんが、その椅子をストーブの横に動かしてもらえませんか」

藤吉が椅子を動かすと、次郎吉は盥を椅子の上に置く。

「いつもここに置くんです」

「どれくらい寝かせるんですか？」

「夏だと一刻（二時間）くらいですが、今はかなり冷え込みますから、二刻（四時間）くらい寝かせることもあります。はっきり決まっているわけではなく、膨らみ具合を見て決めます」

「これが膨らむんですか？」

「ええ。大体、今の三倍くらいに膨らむのを待ちます」

「ただの小麦の粉がそんなに膨らむなんて……」

藤吉は、ハッとした。

「パン種ですね？」

「そうです」

次郎吉がうなずく。

「それは、いったい……」

「待って下さい」

次郎吉が手で制する。

「パンが膨らむまで何もすることがありませんから、いつもこの時間に少し寝るんです。わしの部屋へ行きませんか？　ここでは、ちょっと……」

次郎吉が奥を顎で指し示す。

なるほど、イワンが奥にいるので、ここでは何も話せないということなのであろう。

「わかりました」

藤吉もうなずくしかなかった。

八

一旦、厨房から廊下に出て、奥に向かって五メートルくらい進むと物置がある。三畳ほどの小部屋である。ここが次郎吉の部屋だという。

布団を二組並べるほどの余裕はない。

万年床の周りに雑然と置かれている着替えや手回り品が薄暗いランプの明かりに照らされる。貧相で寒々とした部屋だ。実際、暖房器具もないので凍えるほど寒い。

「毛布を体に巻いて、布団の上に坐って下さい。ここは冷えますから」

二人は布団の上に並んで坐った。足を伸ばすことはできるが、二人が横になるには、ちょっと狭い。

「さっきの話ですが……」

「パン種のことですね？」

「ええ」

「酒や醬油を作るときには麴《こうじ》を使うじゃないですか。パン種は、あれと同じです。水に溶いたパン種を小麦の粉に混ぜてやるんですよ。そうしないと、パンは作れません」

「味噌を作るときにも麴を使いますね。麴は豆とか糠《ぬか》から作るんでしょう。パン種も作り方は同じなんですか？」

「いや、それが……」

わからないのだ、と次郎吉は言う。

「小野屋さんが来たとき、わしは廊下で待って下さいとお願いしたでしょう。いつものことなんです。親方は、水に溶かしたパン種と小麦の粉を混ぜるところを、決して見せてくれないんです。親方が作業をしている間は廊下に出されるんですよ」

「なぜ、そんなことを？」

「秘密だからですよ」

「秘密？」

「麴を作るときに、米とか豆とか糠とか、いろいろな材料を使った作り方があるように、パン種にもいろいろな作り方があるらしいんですが、うちの親方に限らず、パンの職人というのは、パン種の作り方を決して他人には教えないものらしいんです」

「そうなんですか」

「わしのように外国人の手伝いをして、他の国の領事館や外国人の屋敷でパンを焼いている者もいますが、やっぱり、パン種の作り方だけは誰も知らないんです。教えてもらえないんですよ。だから、箱館には自分だけでパンを焼ける日本人はいないはずです。もっとも、外国人が日本人に教えないだけでなく、外国人同士でも教えないらしいですから、別に日本人に意地悪をしているわけではないようですけど……」

「親方は、どうやってパン種の作り方を学んだんですか？」

「昔、大金と引き替えにイギリス人のパン職人から教えてもらったそうです。大金を使うか、パン職人に弟子入りしてパン種の作り方を盗むか、そのどちらかしかやり方はないみたいですよ」

「ふうん、イギリス人ですか」

「実は、イギリス領事館にも下働きの日本人がいましてね。前に南部陣屋で一緒に働いていた奴で、時々、顔を合わせて酒を飲んだりするんですが、その男は、パン種を作るにはビールを使うんじゃないかって言うんですよ」

「ビール？　それ、酒でしょう」

「ええ。イギリス人はよくビールを飲みますから、領事館にビールがたくさんあってもおかしくないんですが、うちの親方も、時々、ビールを大量に仕入れるんですよ。しかも、自分でも作ってるんです」

「ビールをですか？」

「そうなんですよ」

「でも、親方は酒が好きなんでしょう。ビールも飲むんじゃないですか」

「ロシア人はビールをあまり飲みません。大抵、ウォッカです。ウォッカというのは、口から火が出るくらいに強い酒で、ウォッカに比べたら、ビールなんか水みたいなもんですよ。もちろん、親方は酒好きだから、酒なら何だって飲むんでしょうが、そんなにビールが好きだとは思えないんですよ」

「つまり、パン種を作るのに、親方もビールを利用していると次郎吉さんは考えているわけですね？」

「はっきりとはわかりませんが……」

次郎吉がうなずく。

三時間ほど仮眠を取ってから、次郎吉と藤吉は厨房に戻った。ストーブのそばに置いた盥を覗くと、生地がさっきの三倍くらいに膨らんでいる。

「でき具合の善し悪しを見るには、こうします」

次郎吉が生地に人差し指を押し付ける。

生地には指の跡が残る。

「跡が残るのがいいんです。空気が抜けるようにしぼむのも、すぐに跡が消えてしまうのもよくありません。今が一番具合のいい状態ですね」

次郎吉が盥を抱えて、テーブルに運ぶ。

「で、これをパンの大きさに合わせて切っていくわけです。どんな大きさにするかは好みですが、たぶん、この作業は和菓子作りと変わらないと思いますよ」

「そうですね」

「わしは、いつもこんな感じでやっています」

右手のナイフで生地を切り取ると、次郎吉は、左手だけで器用に生地を丸めた。

「やってみませんか」

「はい」

藤吉が次郎吉と同じように生地を丸める。

「どうですか？」

「団子を握るときのように周りを固めてしまうと、焼き上がったときに中身が固くなるんで、何て言うのかな……ふんわりと包むような感じで丸めた方がいいですよ」

「なるほど、こんな感じかな」

もう一度、やってみる。

「どうでしょう？」

「さすがに飲み込みが早いですね。わしなんかより、ずっと上手ですよ」

それから二人で生地を丸める作業に没頭した。

十分もかからずに終わった。

「このまま、また少し寝かせます」

生地を並べた鉄板をストーブの近くに運ぶ。

「後は焼くだけですか？」

「いいえ、一服したら、もう一度、形を整えます」

二十分くらい生地を寝かせてから、次郎吉は鉄板をテーブルに戻し、生地の形を整え始めた。

「これが焼き上がったときの形になります」

「何か注意することはありますか？」

「そうですね。乾かないようにすることですかね。表面が乾いてしまうと、これ以上、膨らまなくなりますから」

「また膨らむんですか？」

「オーブンに入れるまで寝かせておくと、この倍くらいの大きさに膨らみますよ」

「へえ……」

藤吉が感心したようにうなずく。

「パン種っていうのは、大したもんですねえ」

「ええ。親方が秘密にするのもわかる気がしますよ。パン種の善し悪しによって、パンの膨らみも変わってくるし、焼き上がったパンの味もまるっきり違うんですから」

「パン種か……」

藤吉が腕組みして考え込む。

材料から、パンを作るまでの工程は一通り理解したものの、肝心のパン種の秘密がわからないのではパンを焼くことができない。

（どうしたものか……）

それが難問であった。

九

その日、パンを焼き終わると、藤吉は、行安寺に帰った。離れに向かう廊下で慈照に会った。

「小野屋さん、パン作りはどうじゃな？」

「なかなか思うようにいきません」

「まあ、何事も根気が大事じゃ。腰を据えて、じっくりと取り組みなされ」

「はい」

離れに戻ってしばらくすると、小僧が火鉢に炭を足しに来てくれた。慈照の気配りであろう。火鉢を抱くようにして暖を取りながら、藤吉は懐《ふところ》からパンを取り出した。焼き上がったパンをひとつもらってきたのだ。まだ、ほんのりと温かさが残っている。パンを小さくちぎって口に入れる。

（うーん……）

うまい。何度も噛むと微《かす》かに甘味が滲《にじ》んでくる。

だが、

（これじゃ、駄目だな）

と、藤吉は思う。

注文されたパンは軍用食なのである。

戦時には、パンそのもののうまさをのんびりと味わう余裕などないはずだ。口に入れた瞬間にうまさを感じるくらいでなくてはならない。米の飯にしても、握り飯にするときには塩をつけたり、海苔《のり》を巻いたりして味付けする。パンにもそういう工夫が必要であろう。

（いちいち、ボートルを塗るってのもなあ……）

外国人がパンを食べるときには、ボートルを塗って食べるという話を次郎吉に聞いた。やはり、外国人も何らかの味付けをしてパンを食べるのが普通なのである。試しに藤吉もボートルを塗ってパンを食べてみた。確かに味はよくなるが、強烈な匂いが我慢できなかった。ボートルの作り方を次郎吉に聞いてみると、

「牛の乳に豚の脂、それに塩と胡椒《こしょう》で味付けして、ぐらぐらと煮たものを冷やして固め

るんですよ」

と教えてくれた。

それ以来、藤吉は、二度とボートルを口にする気がしなくなった。

それにパンの他にボートルを持参するのでは、戦時におけるパンの利便性が損なわれてしまう。それくらいなら、握り飯を持参した方が面倒がない。

（ふうむ……ボートルなんか使わなくても、何とかパンをおいしくできないものか……）

ごろりと横になり、天井を見上げながら、むしゃむしゃとパンを食べる。

パン作りの工程は理解したものの、いざ、松前でパンを作ろうとすれば、いろいろと解決しなければならない問題が残っている。パンの味付けもそのひとつだが、最大の問題は、パン種をどうするか、ということだ。パン種がなければ、パンの生地を造ることができないのである。

（スミは、どうしてるかな……）

腹の大きいスミに一人で留守番をさせているのだから気にならないわけがない。出産予定はまだ先だが、初めての出産なのだから、スミも不安に違いない。普段、泣き言など決して口にしない気丈な女であるだけに、心細さをじっと我慢しているのだろうと思うと、かえって不憫《ふびん》な気がする。

（こんなところで、のんびり悩んでいる暇は、わしにはないんだ）

藤吉が起き上がる。

パン作りの大体の工程は理解した。

残るふたつの問題のうち、パンの味付けに関しては、パンが焼けるようになってからの話だから、今すぐに解決しなければならない問題ではない。それは松前にいても考えることができる。箱館で何とかしなければならないのは、パン種をどうやって手に入れるかという問題だけである。それは、思案を重ねてどうにかなる問題ではない。

次郎吉が言ったではないか。

「大金を使うか、パン職人に弟子入りしてパン種の作り方を盗むか、そのどちらかしかやり方はないみたいですよ」

と。

なるほど、やり方はふたつしかないのだ。

金で買うか。

弟子入りして盗むか。

イワンに弟子入りするような悠長《ゆうちょう》なことをしている余裕はないから、残る方法は金で買うことだけである。

(それだけのことじゃないか)

藤吉が立ち上がって廊下に出る。小僧が、

「お出かけですか？」

と声をかけてくる。

「もう一度、領事館に行って来ます」

十

「どうなさったんですか？」

「すいません、起こしてしまいましたか」

次郎吉の寝ぼけ眼を見て、藤吉が頭を下げる。

深夜に仕込みを行い、途中で仮眠は取るものの、夜が明けると起き出してパンを焼き始めるのだから、領事たちが朝食を取り終わった後、次郎吉が眠るのは当然だ。寝込みを起こしてしまったことに恐縮して、藤吉は詫びたのである。

「構いませんが……何か？」

「昨夜、パン種のことを話してくれたじゃありませんか。昔、親方が大金と引き替えにイギリス人のパン職人からパン種の秘密を手に入れたって」

「ええ」

「わたしも買いたいんです。次郎吉さんから親方に話してくれませんか」

「小野屋さんがうちの親方からパン種の秘密を買うんですか？」

「はい」

藤吉がうなずく。

「次郎吉さんのおかげでパン作りの大体の流れはわかりましたが、肝心のパン種がなければパンを焼くことはできません。ご存じのように、わたしは幕府軍の命令でどうしてもパンを納めなければならないんです。あまりのんびりもしていられませんし、金で何とかなることなら、そうしたいと思います。いくら出せば教えてもらえるか、次郎吉さんから親方に聞いてもらえないでしょうか」

「いくら出すつもりなんですか？」

「ある程度の金額は覚悟しています」

「たぶん、これくらいは吹っ掛けてきますよ」

次郎吉が片手を広げる。

「五両？」

「まさか」

次郎吉が笑う。

「そうですよね。そうか、五十両か。馬鹿にならない金額ですが、パン種の秘密はどうしても必要だからなあ……。それくらいなら、何とかならないわけでもないし」

「待って下さい、小野屋さん」

「何です？」

「五十両じゃありません」

「え？」

藤吉の顔色が変わる。

「そうなんです」

「五百両……」

「以前、親方が機嫌のいいときに聞いてみたことがあるんです。そうしたら……」

「五百両だと？」

「最低でも、それくらいは必要だ、と。無茶な金額ですが、要するに、誰にも教える気はないということなんでしょうし、もし、教えるのなら、パン職人を辞めても食っていけるくらいの金額を要求する、そういうことなんじゃないでしょうか」

「無理だ……」

藤吉が頭を抱える。

「いくら何でも五百両なんて無茶苦茶だ」

「……」

次郎吉が哀れむような眼差しを藤吉に向ける。

十一

「どうしたんですか、突然、松前に帰るだなんて」

信蔵が驚いた様子で聞き返す。

「お話しした通り、パン種がないとパンを作ることはできないんです」

「でも、五百両というのは次郎吉がそう言っただけのことでしょう。ユガノフ殿が何と言うかわからないわけだし、もし、ユガノフ殿も五百両というのなら、もうちょっと安くしてくれるように掛け合えばいいじゃありませんか。何なら、わたしがやってみてもいいですよ。外国人というのは、最初はこっちの足元を見て吹っ掛けてくるもんなんです」

「たとえ掛け合ったとして、相手が五百両というものを、どれくらいまで安くさせることができますか?」

「うまくいけば半分くらいには……」

「半分でも二百五十両ですよ。無理です。わしが人見さまから預かったのは百五十両なんですから」

「パンを作ることのできる外国人はユガノフ殿だけじゃありません。他の領事館にもコックはいるし、大町のロシアホテルにもコックがいますよ。そっちに当たってみてはどうですか？」

「……」

「諦めるのは早いですよ。始めたばかりじゃありませんか。いろいろ考えてみましょう」

「諦めるわけじゃないんですが……」

藤吉も歯切れが悪い。

とりあえず、松前に戻り、事の経過を人見に説明しようと考えている。パン種を手に入れるのに五百両も必要だと知れば、人見もパン作りを諦めるかもしれない。人見に下駄を預けようというわけであった。もちろん、人見がパン種の費用として五百両もの支出を認めるとは藤吉も期待していないから、藤吉自身がパン作りを諦めていると思われても仕方がないわけだし、反論のしようもないわけであった。

（ずるいかな……）

そう思わぬではない。だが、他にどうしようもないのだ。

「とにかく、一旦、松前に帰ります」

「そうですか……」

信蔵は残念そうだ。

「お世話になりました」

「仕方がありませんね。領事館の方には、わたしから話しておきます」

「何から何まで本当にご迷惑ばかりかけてしまって申し訳ありません」

「わたしも心当たりを聞いてみますから、小野屋さんも簡単に諦めないで下さいよ」

「……」

藤吉は返事ができず、黙ったまま小さくうなずいた。

十二

この時代の旅人というのは健脚である。

女子供でも一日に二十キロくらいは平気で歩くし、男の一人旅なら三十キロは歩く。それが普通だ。

たまたま伊藤屋に炭を納めている農民が上磯《かみいそ》まで帰るというので、藤吉は馬橇《うまぞり》に乗せてもらうことができた。そのおかげで、この日のうちに、藤吉は木古内に着いた。箱館から木古内まで、およそ三十五キロの道程である。あまり無理をせずに、その夜は旅籠を兼ねている農家に一泊し、翌朝早く木古内を出発した。森越《もりこし》を過ぎるあたりから小雪がちらつき始め、知内《しりうち》に着く頃には本格的に降り出した。知内は木古内の南十キロの地点にあり、ここから松前まで四十キロである。

（せめて福島までは行きたい）

空を見上げて藤吉は迷った。

福島村は、松前と知内のちょうど中間に位置しており、今日中に福島まで行くことができれば、明日には間違いなく松前に帰ることができる。運良く福島から松前に向かう馬橇に便乗させてもらうことができれば今夜中に帰ることも不可能ではない。

知内にいたのでは、そうはいかない。

雪が止《や》めば心配ないが、もし吹雪になれば知内で足止めされることになる。知内から福島に向かうには、途中、福島峠を越えなければならず、吹雪いているときに、この峠を越えるのは危険なのである。大粒の雪が絶え間なく降り続けているものの、幸いに風がほとんどないから視界を遮られることはない。雪が降り、強い風が吹いているときが最も危険なのである。今は、それほどでもない。

(これくらいなら何とか峠を越えられそうだ)

そう判断した。

近くの農家に入り、白湯《さゆ》を所望し、念のため二食分の握り飯を用意するよう頼んだ。街道沿いにある農家は旅人の扱いに慣れており、金さえきちんと払えば、それくらいのことは快く承知してくれる。いきなり峠を越えようとせず、まず体を温め、握り飯を持参しようと考えたのは、冷静さを失っていない証《あかし》であったろう。

「火に当たったらどうかね」

囲炉裏端《いろり》で舟を漕《こ》いでいた老人が目を覚まして藤吉に声をかける。

「そうさせてもらいましょう」

土間で、もう一度、雪を払って藤吉が板敷きに上がる。老人は、藁《わら》で編んだ円座を勧めてくれた。

「ほれ、暖まるぞ」

老人が茶碗に白湯を注いで渡してくれる。

「ありがとう」

礼を言って茶碗を受け取る。

凍えた両手に熱が伝わってきて、微かな痛みと共に痺《しび》れるような心地よさを感じた。ふーっ、ふーっ、と湯冷ましながら白湯を口に含む。

「どこまで行くんだね」

「箱館から松前に帰るところですよ」

「これから峠を越えるのかい」

「そのつもりです」

「雪が降っとるよ」

「風がないから大丈夫でしょう」

「ここの天気と山の上の天気は違うさ。このあたりだって夜になれば、吹雪くだろう」

「今夜から吹雪ですか」

「この前の吹雪は丸二日外に出られなかったよ。風が強くてなあ」

「丸二日……」

それならば、尚更《なおさら》、今日中に峠を越えなければ、と藤吉は思う。こんなところで足止めされるのは真っ平だった。

「雪山を越えるときは無理は禁物じゃないかねえ」

「早く松前に帰りたいんですよ」

「その気持ちはわかるけど、命はひとつしかないんだから用心した方がいいと思うよ。この雪は止まないよ。吹雪になる」

「あんた、脅かしちゃ駄目だよ」

握り飯の包みを手にした婆さんが厨房から出てきた。

「なんも脅かしてねえさ」

「気にしないで下さいよ」

紙包みを藤吉に渡しながら婆さんが詫びる。

「吹雪になりますかね」

銭を渡しながら藤吉が訊く。

「山の天気は変わりやすいから、晴れていても安心できないし、雪が降ったから、いつも吹雪くってわけでもない。わたしらにもわからないんですよ」

婆さんが歯の抜けた口を開けて笑う。

「ふうん、そういうもんか」

「とにかく、気を付けて行くことですよ」

「そうしよう。おかげで体も温まったよ」

藤吉が爺さんに顔を向けると、爺さんはうとうととまた舟を漕ぎ始めていた。

十三

婆さんに見送られて農家を後にしてから、かれこれ半刻（一時間）ほども経ったろうか。

（これは、まずいぞ……）

藤吉の心に焦りが生じてきた。

雪は一向に止む気配がない。

それだけなら何ということもないが、恐れていた風が出てきた。雪が渦《うず》を巻いて吹き上がるので視界が利かなくなってきた。峠を越えて、下り道になれば楽になる、そう己を励ましながら足を動かし続けるが、降り積もった雪に足を取られて思うように距離を稼ぐことができない。いつまで経っても登り勾配《こうばい》のままである。

　立ち止まって、手拭いで顔の汗を拭っているとき、いきなり、真横から突風に煽《あお》られ、体が浮き上がって、そのまま斜面を転がり落ちた。そのときに木の切り株にでも頭をぶつけたらしく、藤吉は意識を失った。

　しかし、すぐに気が付いた。

　いやに汗が出るなあ、と手の甲で顔を拭うと、汗ではなくて血がべっとりと付いた。顔を探ると、右の眉の上が切れている。それほど深い傷でなかったのが幸いであった。手拭いで傷を押さえたまま、その場に坐り込んでいると、また、ごおーっという地鳴りのような轟音《ごうおん》と共に突風が吹いてきた。

　慌てて腹這《はらば》いになる。

　今度は飛ばされずに済んだ。

　だが、藤吉の金玉はすっかり縮み上がってしまった。雪山が牙《きば》を剥《む》き出して襲いかかってきたような気がしたのである。無理をして峠を越えようとしたことを後悔した。

（駄目だ。とても峠を越えることなんかできない。戻ろう）

　峠を下ることにした。

　さあ、戻ろう、と立ち上がって、藤吉の顔が青くなった。見渡す限り、新雪で真っ白に染まってしまい、自分が登ってきた足跡が消えている。

　いや、消えたわけではなく、藤吉が突風で飛ばされたとき、山道から外れてしまっただけなのだが、動揺してしまった藤吉は、そんなことに思い至らなかった。

(ど、どうしよう……)

足元から雪をすくい上げて口に入れる。

ひどく喉が渇く。

(落ち着け、落ち着け)

目を瞑《つむ》って深呼吸する。

こういうときに冷静さを失うと命取りになるということは藤吉にもわかっている。

だから、必死に動揺を鎮《しず》めようとした。

目を開ける。

ゆっくりと周囲を見回す。

すると、自分が転がり落ちてきた跡が目に付いた。

その跡を辿《たど》っていくと、峠を登ってきた足跡があった。

だが、降雪は激しくなる一方なので急がないと足跡が埋まってしまう。藤吉は峠を下り始めた。

それから更に半刻……。

とっくに麓《ふもと》に着いていなければならないはずなのに、いまだに藤吉は峠の斜面を下り続けている。自分が登るときにつけた足跡は、とっくに見失っている。降り続く雪に埋もれてしまったのだ。

雪を掻き分けながら歩くのは、平地を歩く何倍もの体力を消耗する。

藤吉は疲れた。膝ががくがくと震えている。できるならば腰を下ろして休みたかったが、ちょっとでも歩みを止めれば、二度と歩き出す力が出そうにないので、どんなに疲れても歩き続けるしかなかった。

（もう少し、もう少し……）

そう自分に言い聞かせながら、ひたすら歩く。

強い横風が吹いてきた。避けようもなかった。

あっと思ったときには、飛ばされて雪の上を転がっている。

顔が雪に埋もれてしまう。立ち上がらなければ……立ち上がって歩き続けなければ……

そう思うものの、体が動かない。

（ああ、ここで死ぬのか……）

パンの作り方を身に付けようと箱館に向かった揚げ句、結局、何もわからないまますごすごと尻尾を巻いて松前に帰ろうとして雪山で行き倒れになるとは、何と情けないことだろう、しかも、もうすぐ子供まで生まれるというのに……何もかも中途半端な状態で死んでいくのだと考えると、藤吉の目から涙が溢れてきた。

（そもそもパン作りなんか引き受けなければよかった……）

今更ながらにそれが悔やまれる。

福山城で蘭子《らんこ》に再会し、

「おまえを推薦したのは、わたしなのですからね。小野屋の藤吉なら、パンくらい作れますよ、と。快く引き受けてくれて、わたしの鼻も高いというものです」

などと言葉をかけられて、すっかり舞い上がってしまったのだ。

スミの反対を押し切ってパン作りをすることに決め、箱館に向かうに当たっては、

「やると決めたからには、いい加減なことはしたくないんだ。みんなが驚くようなパンを作りたい」

などと大見得を切り、身重のスミを一人で松前に残してきた。

さぞ心細いであろうに、スミは、

「頑張っておいで」

と、最後は笑顔で送り出してくれた。

(それなのに、わしはこんなところで死ぬ。姫さまの期待にも応えられず、スミを独りぼっちにして、生まれてくる子供の顔を見ることもできない)

ああっ……と溜息をついたとき、もう藤吉の目蓋は閉じられていた。後のことは何もわからない。

どれくらい時間が経ったものか……。

藤吉が目を開けた。

耳元で、パチパチと枯れ木の燃える音がする。

囲炉裏端に横になっており、体には熊の毛皮がかけられている。

「起きたみてえだぞ」

囲炉裏の反対側に大柄な若者が坐り込んで草履《ぞうり》を編んでおり、その若者が藤吉に顔も向けずに声を出したのである。

「おう、よかった、よかった」

藤吉の顔を覗き込んだのは、峠を登る前に立ち寄った農家にいた爺さんである。

「婆さん、白湯じゃ」

「はい、はい。用意してありますよ」

「起きられるかね」

「何とか……」

藤吉が体を起こそうとする。

しかし、力が出ない。

「弱っとるんじゃよ。無理もない。雪に埋もれて死にかかったんじゃからなあ」

「わしは、どうして……?」

「運がよかったな。猟を終えて、山から帰ってくる途中で孫があんたを見付けた」

「お孫さんが……」

「もっとも、本当に見付けたのは太郎ではなく、クロじゃがなあ」

「クロ？」

「犬よ。ワンワンと吠《ほ》えて、雪の下に埋まっていたあんたを見付けてくれたんじゃ」

「そうでしたか」

「あんたが倒れていたのは、ここから目と鼻の先じゃ。吹雪で何も見えなかったんだろうが、危ないところだったな」

「しゃべってばかりいないで白湯を飲ませてあげないと」

「ああ、そうか。ほれ、手を貸そう」

「すいません」

藤吉が爺さんに支えられて体を起こす。

「飲みなされ。体が温まるから」

婆さんが茶碗を渡してくれる。

「ありがとう」

茶碗を受け取り、白湯を口に含む。

体中に白湯の温かさが染み渡っていく。

（まだ生きている……）

そう思った瞬間、目から涙が溢れてきた。

なぜ、涙が出てくるのか自分でもわからないが、どうにも涙が止まらなかった。

十四

その夜は農家に泊めてもらった。一晩、ぐっすり眠ると、体力もかなり回復した。

外に出ると吹雪も止んでいる。何のことはない、慌てずに一晩様子を見れば、命を危険に晒《さら》すようなこともなかったのだ。

顔を洗い、朝飯を済ませてから、藤吉が旅支度をしていると、

「その体で峠を越えるのは、まだ無理だ。もう一日、泊まった方がいいんでないか」

「そうだよ。遠慮しなくていいから」

爺さんと婆さんが口を揃《そろ》えて気遣ってくれる。

「峠は越えません。箱館に戻ります」

「だけど、あんたは、箱館から松前に戻るところだと言わなかったか」

「どうしても戻らなければならないことを思い出したんです」

「それなら、太郎が木古内に毛皮を売りに行くから一緒に行けばいい。橇で行けば、少し

は楽だべよ」

太郎は無口な青年だった。

農家を出発するときに、

「夕方には戻るか？」

婆さんに訊かれて、

「わかんねえ」

と首を振り、

「客人の面倒を見てやれよ」

爺さんに言われて、

「ああ」

むっつりうなずいた。

爺さんや婆さんが何を言っても、大抵は、「ああ」か「わかんねえ」で済ませてしまう。

獲物を積んだ細長い橇を馬につなぎ、太郎が手綱を握る。藤吉は、その横に並んで坐った。知内から木古内まで十キロほどの道程だが、昨日の雪がかなり積もっているから、それほど速度を上げることはできない。

いくら無口でも、二人きりで、しかも、互いの体温を感じ取ることができるくらいの近さに並んでいるのだから、当たり障りのない世間話くらいはしそうなものだが、太郎は、藤吉のことなど忘れてしまったかのように、じっと前方に視線を据えて、固く口を結んでいる。かえって藤吉の方が気詰まりになってきた。

「昨日はありがとうございました」

ゆうべも意識を取り戻してから礼を口にしたのだが、もう一度、改めて礼を述べた。それ以外にこの若者と口を利くきっかけを思い付かなかったということでもある。

「ああ」

相変わらず、太郎は素っ気ない。

藤吉に顔も向けない。

（口下手なのかもしれないな……）

藤吉自身、饒舌《じょうぜつ》というわけでもなく、話好きというわけでもない。もしかすると、この太郎という若者も、見知らぬ他人と話をするよりも黙っている方が気楽なのかもしれないと思い、藤吉は口を閉ざすことにした。

ところが、しばらくすると、

「おれ、悪いことしたのかな」

太郎が独り言のようにつぶやいた。

「え？」

「いや……。おれ、何も知らないで、ただ、雪の中に人が埋まっていたから助けたんだけど、あんたはじいちゃんが止めるのも聞かずに峠を越えようとしたって後からばあちゃんから聞いて、あんなに雪が降ってるのに峠を越えようとするってことは、もしかして死にたかったのかもしれないって思った。そうだとしたら余計なことをしたことになるし、あんたに悪いことをしたのかもしれないなって。ばあちゃんは、そんなことないって言ってたけど」

「とんでもない。死ぬつもりなんかありませんでしたよ。助けてもらって感謝してます」

「そうか」

太郎が藤吉に顔を向けて、にこっと笑う。

意外に人懐っこい笑顔だ。

「それなら、おれ、いいことしたんだな」

「松前から箱館に行ったのはパンの作り方を学ぶためだったんですよ」

「パン？」

「異人が食べるものなんですが、持ち運びに便利なんで幕府軍が欲しいっていうんです。でも、うまくいかなくて、がっかりして、気落ちして、自分でも情けないと思いながら、松前に帰るところだったんです。もうパンのことなんか考えたくないし、松前には腹の膨らんだ女房が待ってるし、少しでも早く帰りたかったから。だから、無理して峠を越えようとしたんです」

「ふうん」

「雪に埋もれたとき、何もかも中途半端なままで死ぬような気がして、本当に嫌な心持ちでした。どうせ死ぬなら、パン作りにしても、死ぬ気で取り組んで悔いが残らないようにすればよかったと思いました。簡単に諦めて、ここそと松前に逃げ帰るくらいなら、最初からパン作りなんか引き受けなければよかったって、ものすごく後悔しました」

「今にも死にそうなときに、随分と難しいことを考えるもんだなあ」

「幸い、命は助かりました。だから、もう一度、箱館に戻ってパンを作ろうと思うんです。あの峠で一度死んだと思えば、どんなことでもやれるような気がするもんですから」

藤吉が言う。その言葉には微塵《みじん》の迷いもなかった。

十五

突然、伊藤屋の店先に現れた藤吉を見て、信蔵は驚いた。

「どうしたんですか、小野屋さん。松前に帰らなかったんですか？」

「途中で気が変わって戻ってきたんです。話を聞いてもらえませんか」

「ええ、それは構いませんが……」

信蔵が訝《いぶか》しげに藤吉を見つめる。

「お願いします」

藤吉が頭を下げる。

その真剣な表情から信蔵も何かを感じたのであろう。ぐっと顔を引き締めると、

「どうぞ、こちらへ」

藤吉を奥に招き入れた。

客間で信蔵と向かい合うと、

「実は、死にかけました」

と、藤吉は口を開いた。

「え」

当然、信蔵は驚く。

その信蔵に藤吉は、吹雪の福島峠を越えようとして危うく凍死しかかった顛末《てんまつ》を語った。

「それで目が醒めたとおっしゃるんですか?」

「不思議なもので、もうすぐ死ぬんだと思うと、ああすればよかったとか、こうすればよかったとか、後悔ばかりが思い浮かんできて、楽しかったこととか嬉しかったようなことは何も思い出さないんですよ。もうすぐ三途《さんず》の川を渡るんだなあと思いながら、わたしが

悔やまれて仕方がなかったのは、生まれてくる子供の顔を見ることができないことと、自分の手でパンを作ることができなかったことでした。運良く助けられた後、農家の囲炉裏端で横になりながら、せっかく思いがけず生き返ったんだから、今度は悔いを残さないように精一杯やってみようと考えたんです。でも、子供を生むのは女房の仕事だから、わたしはわたしの仕事をやろうと、そう決心しました」

「それで松前に帰るのを止めて箱館に戻ってきたんですか？」

「そうです」

藤吉がうなずく。

「小野屋さんのお気持ちはよくわかりました。またやってみようということなら、わたしとしてもできる限りの力添えをさせて頂くつもりです」

「ありがとうございます」

「ただ……」

信蔵が難しい顔をして腕組みをする。

「何か？」

「パン作りがうまくいくかどうかは、結局、パン種をどうやって手に入れるか、ということにかかってくるわけでしょう」

「はい」

「小野屋さんが松前に向かった後、適当な値段でパン種を買えないものかどうか、それとなく当たってみたんです。ユガノフ殿だけでなく、アメリカ領事館とかフランス領事館とか、うちは取引がありませんが、商売仲間に頼んで当たってもらったんです」

「……」

藤吉がじっと信蔵を見つめる。

「アメリカ領事館とフランス領事館の親方は、端《はな》から相手にしてくれなかったそうです。わたしが直接話をしたわけではありませんから、どれくらい真剣に話を聞いてくれたのかわかりませんが……。残るユガノフ殿ですが、以前に小野屋さんがおっしゃったように最初は、パン種の秘密を教える見返りに五百両欲しいとか口にしていましたが、まあ、それは向こうも真剣ではなかったわけで、もし、こっちが本気でパン種を買うつもりなら二百両で売ってもいいという話でしたよ。但し、現金で、それも銀や銭ではなく小判で、ということですが」

「二百両……」

藤吉が溜息をつく。

「わたしとしても、向こうの腹を探るつもりで聞いただけのことですから、小野屋さんが承知して下さるのなら、本腰を入れて掛け合ってみますよ。そうすれば、たぶん、もう少し安くできると思います」

「いや」

藤吉が首を振る。

「以前にお話ししたように、わたしが幕府軍から預かったのは百五十両で、その金はパンを拵《こしら》える材料費に充《あ》てなければなりませんから、パン種を手に入れるために大金を使うことはできません」

「しかし、それでは……」

信蔵が困惑した表情を浮かべる。

「お願いがあります」

「何でしょう？」

「次郎吉さんに会いたいんです。二人だけで。その手筈を整えてもらえないでしょうか」

「次郎吉に？　なぜ……」

信蔵が小首を傾げる。

「……」

藤吉は黙っている。

「聞かない方がいいんですか？」

「できれば」

「わかりました。でも、危ないことはしないで下さいよ」

信蔵が心配そうに藤吉を見る。

十六

「呼び出したりしてすいません」

伊藤屋の離れで次郎吉と向かい合うと、藤吉は頭を下げた。

「わしに話があるということですが……」

「お願いがあるんです」

「伊藤屋の若旦那さんから力になってあげてほしいと頼まれていますから、わしにできることなら何でもしますが、どんなことでしょうか？」

「次郎吉さん、わたしは松前に戻ってパンを作らなければなりません。それにはパン種が必要です。どうしても手に入れなければならないんです」

「買うことにしたんですか？」

「いいえ」

藤吉が首を振る。

「そんな金はありません」

「それなら、どうやって……？」

「盗みます」

「……」

次郎吉がぽかんとした顔をする。咄嗟《とっさ》には意味を飲み込むことができなかったのだ。

「わたしはパン種を盗みます。買うことができないんだから、盗むしかありません」

「そんな無茶な……」

次郎吉が呆れたように首を振る。

「盗むのを手伝ってくれとは言いません。親方がパン種をどこに隠しているのか、それを次郎吉さんに教えてもらいたいんです。その後は一人でやりますから」

「そんな無茶な」

また同じ台詞《せりふ》を繰り返す。

藤吉が本気でそんな大それた事を考えているとは、次郎吉にはどうしても信じられないらしかった。

「ここに……」

藤吉が、懐から袱紗《ふくさ》包みを取り出して次郎吉の前に置く。

「三十両あります」

「……」

「次郎吉さんにお願いしたいのは、パン種の在処《ありか》を教えてもらうことと、今夜、領事館の裏口の鍵を開けておいてもらうことです。仕込みが始まる前に行きますから」

「それをやれば、これをわしにくれるって言うんですか？」

「はい」

「本気なんですね？」

袱紗包みに目を据えたまま、次郎吉が訊く。

三十両といえば、次郎吉が領事館からもらう給料五年分だ。途方もない大金である。

「パン種の在処……。裏口の鍵……。それで三十両……」

「引き受けてもらえますか？」

「……」

口を閉ざしたまま、次郎吉がうなずく。

十七

その夜……。

領事館のパン作りの仕込みは午前二時頃から始まる。その二時間くらい前に領事館に着くように見計らって、藤吉は伊藤屋の離れを出た。夜になってから気温が下がったため、中庭に降り積もっている雪が凍っている。藤吉が歩くと、さくっ、さくっと音が出る。

「小野屋さん」

と背後から声をかけられて、藤吉は跳び上がりそうになった。

「こんな遅くにどこに行くつもりなんですか」

信蔵であった。

「領事館に行くんでしょう？」

「……」

「危ないことはしないという約束でしたよ」

「……」

「次郎吉に手引きさせて領事館に忍び込むつもりなんじゃないんですか？」

「行かせて下さい」

藤吉が頭を下げる。

「小野屋さん……」

信蔵が溜息をつく。その息が白い。

「そんなことをして、ただで済むと思っているんですか？　小野屋さんだけじゃありません。次郎吉だって、ただでは済まないでしょう。うちだってそうです。パンを作ることが小野屋さんにとって大切だということは承知しているつもりです。しかし、そのために周りの者に大きな迷惑をかけていいということにはならないでしょう」

「……」

藤吉は黙り込んでいる。

信蔵の言うことが正しいとわかっているから何も反論できないのである。

「そんなことはやめて、パン種を手に入れる手立てを一緒に考えようじゃありませんか」

「金がありません」

「そのことなら……」

「時間もないんです」

「小野屋さん」

「パン種さえ手に入れれば、明日にでも松前に帰ってパンを作り始めることができます。だから、急がなくてはならないんです。許して下さい」

ぺこりと頭を下げると、藤吉は走り出した。ひょっとして信蔵が追ってくるのではないかと危惧したが、幸い、信蔵は追ってこなかった。伊藤屋を出て、藤吉は足早にロシア領事館に向かう。道々、

（信蔵さんの言う通り、わしのせいでみんなに迷惑がかかる。こんなやり方は間違っているんじゃないのか？）

という疑問が胸の中に燻《くすぶ》り続け、藤吉は迷った。だが、最後には、

（信蔵さん、勘弁して下さい）

疑問や迷いを心の奥底に無理矢理に抑えつけて蓋をした。

領事館の裏に回ると、藤吉がノブに手をかける前にドアが内側から開いた。

「次郎吉さん」

藤吉がやって来るのを次郎吉は待ち構えていたらしい。しーっと人差し指を口の前で立てながら、次郎吉が後ろ手にドアを閉める。

「親方が起きてるんです」

「え。仕込みは、まだでしょう」

「何か感づいたのかも」

「まさか」

「気のせいかもしれませんが……」

次郎吉が溜息をつく。

「小野屋さん、やっぱり、こんなことはやめた方がいいですよ。大金に目が眩《くら》んで引き受けたわしも悪いんですが……」

「困りますよ、今更、そんな」

「親方は短銃を持ってますよ」

「短銃？」

「気の短い人だから、小野屋さんがパン種を盗もうとしているところを見付けたら、短銃で撃つでしょう」

「どこにあるんですか?」

「それでも、やるって言うんですか?」

「次郎吉さん、わたしは本気なんです。命懸けでパンを作る覚悟なんです」

「……」

「次郎吉さん」

そのとき、領事館の中で物音がして廊下に明かりが灯った。誰か起きてきたらしい。

「とりあえず、今日のところは帰って下さい」

慌てた様子で次郎吉が藤吉の体を押す。

「そういうわけには……」

「見付かってしまいます。明日の朝、わたしの方から伊藤屋さんに行きます。仕事が終わったら、すぐに行きますから待っていて下さい。お願いします」

「……」

藤吉がうなずく。ここは引き下がるしかなかった。

十八

翌朝。

藤吉がじりじりした思いで待っていると、ようやく次郎吉がやって来た。

「ゆうべはすいませんでした」

次郎吉が頭を下げ、袱紗包みを藤吉の前に置く。

「次郎吉さんの気持ちもわからないわけではないんですが……」

「それから、これ」

風呂敷で包まれた物を袱紗包みの横に並べる。

「これは？」

「……」

次郎吉が風呂敷包みを解くと、中から大徳利が出てきた。

「酒ですか？」

「いいえ」

次郎吉が首を振る。

「パン種です」

「え」

藤吉が両目を見開く。

「盗んできてくれたんですか？」

「わしのなんです」

「は？」

「わしが自分で拵えたパン種なんです」

「……」

咄嗟には、藤吉の口から言葉が出ない。

次郎吉は、うつむいたまま、相変わらず居心地悪そうに尻をもぞもぞと動かしている。

しばらく二人は黙り込んだままでいた。ようやく、

「ひょっとして次郎吉さんも親方から盗んだんですか？」

と、藤吉が口を開いた。

「とんでもない」

次郎吉が首を振る。

「盗んだりしません。自分で考えたんです。小野屋さんが疑うのも、もっともです。でも、これは本当に自分で作ったものなんです……」

次郎吉がぽつりぽつりと語り始める。

次のような話だ。

南部陣屋が閉鎖された後、ロシア領事館に移り、厨房で下働きをするようになって、初めて次郎吉もパンを知った。真面目に働くうちに、次第にパン作りの作業も任されるようになったが、パンという食べ物を知るにつれ、

（これは、いい）

と思うようになった。

何しろ、作り方が簡単である。小麦粉と塩、あとはパン種さえあれば作ることができるのだ。パン種のおかげで生地が膨らむから、ひと握りの小麦粉とひとつまみの塩から、その何倍ものパンを拵えることができる。うまい商売ではないか。

国際都市として箱館は、年々、発展を続けており、箱館に居留する外国人も増え続けている。外国人の主食はパンだから、パンの需要も増えていくに違いないと次郎吉は考え、いずれパン職人として独立したいという夢を持つようになった。

ただ、問題はパン種である。

パン種がなければパンはできない。

イワンに限らず、パン職人は、パン種の作り方を容易なことでは明かさない。

次郎吉は、パン職人になろうという夢を持った日から、何とかパン種の秘密を解き明かそうと努力してきた。最も身近なところでパン種を作っているイワンを注意深く観察する

ことはもちろん、外国人に雇われている知り合いから、それとなくパン種に関する情報を手に入れるように心がけた。

「前にも話しましたが、イギリス領事館では、パン作りにビールを利用していることがわかりました。うちの親方もそうです」

実際には、ビールそのものではなく、ビールの香味料であるホップを使ってパン種を作っているのだが、そこまでは次郎吉にはわからなかった。

パンの生地が膨らむのは、生地が発酵するためだが、発酵を促進するのは空気中の乳酸菌である。それ故、乳酸菌とパン作りは不可分の関係なのだが、乳酸菌の働きが強すぎると、焼き上がったパンは酸味が強く、まずくなってしまう。ホップには、乳酸菌の働きを適度に抑える作用があるため、パン種にホップを使うとおいしいパンを焼くことができる。もっとも、この当時、ホップを入手することが容易でなく、ホップによるパン作りが一般的になるのは、日本において本格的にビール製造が開始された明治五年（一八七二）頃からだといわれている。

「パン種を作ろうとしていることが親方に知られたら、ただでは済みません。領事館から放り出されるでしょう。だから、決して親方に知られないように、こっそりと、一人だけでパン種作りに取り組んできたんです」

「それが……」

藤吉が大徳利を凝視する。

「これですか」

「はい」

次郎吉がうなずく。

「やはり、ビールを使うんですか?」

「いいえ。わしのパン種には玄米を使います」

「玄米?」

「そうです。玄米からパン種を作るんです」

パン種作りに試行錯誤していたとき、次郎吉は、アメリカ領事館の厨房で下働きしている知り合いからこんな話を聞いたという。

「この前、親方が面白いパンを焼いたんだ」

「何が面白いんだ?」

「領事閣下のお嬢さんの誕生日に、イチゴの香りのするパンを焼いたのさ」

「イチゴの香りだって?」

「ああ、変わってるだろう?」

「生地をこねるときにイチゴの実を混ぜたのか?」

「いや、そうじゃない。詳しくは教えてもらえなかったが、どうやら、イチゴからパン種を作ったらしい」

「イチゴのパン種？」

「な、変わってるだろう？」

その話を聞いて、次郎吉は、

（パン種の材料は、何もビールに限ったことじゃないんだ）

と、ひらめいたのだという。

「後からわかったことですが、パン種の作り方というのは、たくさんあるんです。イチゴもそうですが、ぶどうからパン種を作ることもできるそうです。何からパン種を作るかによって、焼き上がったパンの味わいも変わってくることになります」

「それで次郎吉さんは玄米を？」

「イチゴとか、ぶどうを使うと、どうしても季節が限定されてしまいますから、一年中、使うことのできる材料はないかといろいろ試してみたところ、玄米を使ったパン種が一番具合がよかったんです」

次郎吉は、玄米を使ったパン種の使い方を簡単に説明した。

「実際に玄米のパン種でパンを焼いてみたということですか？」

「わしの家にあるのも古い竈で、大して熱くなりませんから、焼き上がりはあまりよくありませんでした。領事館にあるようなオーブンで焼けば、もう少しうまく焼けたと思うんですが……」

「オーブンさえあれば、パンが焼けるわけですね、その玄米のパン種で？」

「焼けます」

次郎吉がうなずく。

「やはり、玄米のような味がするんですか？」

「いや、そんなことはありません。何ていうのかなあ……」

次郎吉は、ちょっと思案する。

「これといった味はないんです。長く嚙んでいると甘味が滲んできますが、それもほんの少しだけで」

「ビールのパン種から作ったパンと比べて、どうですか？」

「ボートルを塗れば、違いはほとんどわからないんじゃないでしょうか」

「何も塗らなければ？」

「焼きたての温かいパンなら、何も塗らなくてもおいしいと思います。でも、冷たくなってしまうと、やっぱり、何か味付けしないと……」

「ふうん……」

藤吉が思案する。

次郎吉の話は筋道が通っており、怪しいところはない。信じてもよさそうな気がする。

ひとつ気になるのは、なぜ、パン職人の命ともいうべきパン種作りの秘密を、しかも、苦労の末にようやく見付け出した秘密を教えてくれるのか、ということである。藤吉は、それを次郎吉に質問した。

「わしは、パンを焼くことに命までは懸けていませんから。それに小野屋さんが松前でパンを焼いたからといって、わしが箱館でパンの店を持てなくなるわけでもありませんし」

要するに、パン作りにかける藤吉の熱意に打たれて、パン種を分けることにした、ということらしい。

「ありがとうございます」

畳に手をついて、藤吉が深々と頭を下げる。

冷静に考えれば、たとえイワンのパン種を盗み出すことに成功しても、パン種の作り方そのものがわからなければ、いずれ行き詰まってしまうことは明らかなのだ。その点、次郎吉はパン種を分けてくれるだけでなく、パン種の作り方まで教えてくれたのだから、こんなにありがたい話はない。

「止めて下さい、そんなこと」

次郎吉が照れ臭そうに言う。

「大切に使わせてもらいます」

大徳利を引き寄せると、藤吉は、袱紗包みを次郎吉の方に押し遣った。

「これは受け取って下さい」

「え」

今度は次郎吉が驚いた。

「パン種を手に入れるために用意した金です。こうしてパン種が手に入ったんですから、この金は次郎吉さんの物です」

「でも、それは……」

「店を持つのに役立てて下さい。松前と箱館で一緒にパンを焼こうじゃありませんか。次郎吉さんの拵えた玄米のパン種で」

「……」

「遠慮いりませんよ」

「はい」

次郎吉が袱紗包みを両手で押し頂くように持ち上げる。その手が震えている。

十九

次郎吉からパン種を手に入れたので、藤吉は信蔵にパンの材料を注文することにした。

「でも、パン種はどうするんですか?」

「実は……」

次郎吉が拵えたパン種を譲ってもらうことになったのだ、と藤吉は信蔵に説明した。

「何だ、次郎吉の奴。そういうことなら、さっさと言えばいいものを、今までもったいつけて隠していたんだな」

信蔵は腹を立てた。

「それは違いますよ」

藤吉が首を振る。同じ職人であるだけに、藤吉には次郎吉の気持ちがよくわかるのだ。和菓子職人である藤吉は、和菓子作りの伝統を守りながらも、常に何か新しい工夫を付け加えられないかと思案している。名案を思い付き、それが和菓子作りに実用できたときの喜びは言葉にできないほど大きい。その工夫を他人に譲らなければならないとしたら、さぞ、悔しい思いをするに違いないと思うのだ。玄米を使ったパン種は、試行錯誤の末に次郎吉が発見した苦労の結晶なのだ。他人に簡単に渡せるものではない。

「はあ、そういうものですか」

不《ふ》得要領《とくようりょう》といった顔で信蔵がうなずく。

翌朝、藤吉は箱館を発ち、松前に向かった。

荷物は、かなり多い。とりあえず、自分が運べるだけの小麦粉を持ち帰ることにしたからである。それ以外の注文分は、後から送ってもらうことにした。その荷物には、次郎吉から譲り受けた玄米のパン種も含まれている。

昨日の別れ際、次郎吉は、

「わしの方でもパン種を増やして、小野屋さんに送りますから」

と言ってくれた。

そこまでしてもらっては悪いと、一度は藤吉も断ったが、

「それでは、わしの気が済みません」

と、次郎吉が言い張るし、次郎吉のやり方でパン種を作ろうとすると、どんなに急いでも七日くらいはかかるというし、慣れないうちは一度に大量のパン種を作るのは難しいというので、藤吉も次郎吉の厚意に甘えることにしたのである。次郎吉が伊藤屋にパン種を届ければ、それが松前に届くように藤吉は手配りした。

帰路は馬である。これは伊藤屋が用意してくれた。

小麦粉の入った包みを馬の左右にぶら下げ、割れやすい大徳利は藁束でしっかりとくるんで藤吉が背負った。藤吉が跨《またが》った馬を、馬子が引いてくれる。

（これでパンが作れる）

馬の背に揺られながら、藤吉は満足げな溜息をついた。


（下巻につづく）

本書は『美姫血戦』（二〇〇五年九月　実業之日本社刊）を改題し、上下巻に分冊したものです

中公文庫

松前《まつまえ》の花《はな》（上《じょう》）

——土方歳三《ひじかたとしぞう》 蝦夷《えぞ》血風録《けっぷうろく》

2013年6月25日　初版発行

著　者　富樫倫太郎《とがしりんたろう》

発行者　小 林 敬 和

発行所　中央公論新社

〒104-8320　東京都中央区京橋2-8-7
電話　販売 03-3563-1431　編集 03-3563-3692
URL http://www.chuko.co.jp/

ＤＴＰ　ハンズ・ミケ
印　刷　三晃印刷
製　本　小泉製本

Published by CHUOKORON-SHINSHA, INC.
Printed in Japan　ISBN978-4-12-205808-8 C1193

中公文庫既刊より

各書目の下段の数字はISBNコードです。978－4－12が省略してあります。

と-26-9
SRO I 警視庁広域捜査専任特別調査室
富樫倫太郎
七名の小所帯に、警視長以下キャリアが五名。管轄を越えた花形部署のはずが――。警察組織の盲点を衝く、連続殺人犯を追え！ 新時代警察小説の登場。
205393-9

と-26-10
SRO Ⅱ 死の天使
富樫倫太郎
死を願ったのち亡くなる患者たち、解雇された看護師、病院内でささやかれる『死の天使』の噂。SRO対連続殺人犯の行方は。待望のシリーズ第二弾！ 書き下ろし長篇。
205427-1

と-26-11
SRO Ⅲ キラークィーン
富樫倫太郎
SRO対〝最凶の連続殺人犯〟、因縁の対決再び!! 東京地検へ向かう道中、近藤房子を乗せた護送車は裏道へ誘導され――。大好評シリーズ第三弾、書き下ろし長篇。
205453-0

と-26-12
SRO Ⅳ 黒い羊
富樫倫太郎
SROに初めての協力要請が届く。自らの家族四人を殺害して医療少年院に収容され、六年後に退院した少年が行方不明になったというのだが――書き下ろし長篇。
205573-5

と-26-19
SRO Ⅴ ボディーファーム
富樫倫太郎
最凶の連続殺人犯が再び覚醒。残虐な殺人を繰り返し、日本中を恐怖に陥れる。焦った警視庁上層部は、SROの副室長を囮に逮捕を目指すのだが――。書き下ろし長篇。
205767-8

と-26-13
堂島物語1 曙光篇
富樫倫太郎
米が銭を生む街・大坂堂島。十六歳と遅れて米問屋へ奉公に入った吉左には「暖簾分けを許され店を持つ」という出世の道は閉ざされていたが――本格時代経済小説の登場。
205519-3

と-26-14
堂島物語2 青雲篇
富樫倫太郎
山代屋へ奉公に上がって二年。丁稚として務める一方、幕府未公認の先物取引「つめかえし」で相場師としての頭角を現しつつある吉左は、両替商の娘・加保に想いを寄せる。
205520-9

と-26-15
堂島物語3 立志篇
富樫倫太郎

念願の米仲買人となった吉左改め吉左衛門は、自分と同じく二十代で無敗の天才米相場師・寒河江屋宗右衛門の存在を知る――『早雲の軍配者』の著者が描く経済時代小説第三弾。

205545-2

と-26-16
堂島物語4 背水篇
富樫倫太郎

「九州で竹の花が咲いた」という奇妙な噂を耳にした吉左衛門は西国へ飛ぶ。やがて訪れる享保の大飢饉をめぐる米相場乱高下は、ビジネスチャンスとなるか、破滅をもたらすか――。

205546-9

と-26-17
堂島物語5 漆黒篇
富樫倫太郎

かつて山代屋で丁稚頭を務めた百助は莫大な借金を抱え、お新と駆け落ちする。米商人となる道を閉ざされ、行商人に身を落とした百助は、やがて酒に溺れるが……。

205599-5

と-26-18
堂島物語6 出世篇
富樫倫太郎

川越屋で奉公を始めることになった百助の息子・万吉は、手代たちから執拗な嫌がらせを受ける。『早雲の軍配者』の著者が描く本格経済時代小説第六弾。

205600-8

と-26-1
妖説 源氏物語 壱
富樫倫太郎

鬼才・富樫倫太郎が描く妖しい「源氏物語」の世界。光源氏の子・薫中将と、同じく源氏の孫・匂宮を、次々と奇怪な魑魅魍魎が襲う！ 華麗なる平安伝奇物語。

204538-5

と-26-2
妖説 源氏物語 弐
富樫倫太郎

光源氏の子・薫中将は自らの出生を悩む日々を送っていった。そんなある日、匂宮からある相談を持ちかけられる。それは知人が貰った妖しい「玉手箱」についてだった……!! シリーズ第二弾。

204552-1

と-26-3
妖説 源氏物語 参
富樫倫太郎

薫中将は、遂に真実の父親を見つけだす。それは、薫の心にずっしり重くのしかかる事実だった。悩む薫を見守る匂宮たちだが……。その背後にはいつしか闇の手が迫っていた！ シリーズ第三弾！

204582-8

と-26-4
すみだ川物語 宝善寺組悲譚
富樫倫太郎

江戸の片隅の裏店で肩を寄せ合って暮らす、父・慎吉と姉・お結、弟・善太。極貧ながらも精一杯生きる親子だが、そこには隠された大きな秘密があった……。

204815-7

各書目の下段の数字はＩＳＢＮコードです。978－4－12が省略してあります。

と-26-5
すみだ川物語二 切れた絆
富樫倫太郎
執拗な強請りに大黒屋は伊之助に七蔵殺しを命じる。一方、命旦夕に迫る慎吉は遺言の様に自分の過去を語り始めた……。遂にお結の記憶の封印が解かれる……。
204830-0

と-26-6
すみだ川物語三 別れ道
富樫倫太郎
裂かれ、ばらけた糸は、また一つに繋がるのか……。慎吉の告白に苦悩するお結と善太。母の死に心揺れる伊之助はしかし、七蔵殺しの場に向かうのだが……。
204855-3

と-26-7
蟻地獄（上）
富樫倫太郎
女のために足を洗おうとする盗賊、甚八。頭目は大金を強奪すべく、大店に目をつける。押し込みの掟は皆殺し！ これを最後の稼ぎと覚悟する甚八だが……。
204908-6

と-26-8
蟻地獄（下）
富樫倫太郎
押し込みは成功したが、盗賊達は稼ぎを巡って殺し合う。頭目・仁兵衛への復讐を誓う雛次郎。そんな中、衝撃の事実を知らされた甚八は。〈解説〉縄田一男
204909-3

さ-28-36
これからの橋 雪
澤田ふじ子
生きることの気高さ、尊さを謳う珠玉の十篇を収録。良質の歴史・時代小説を書き続け、著作百冊記念刊行の自選短篇集を三分冊した第一集。〈解説〉縄田一男
205559-9

さ-28-37
これからの橋 月
澤田ふじ子
寺社町奉行を務める父と比較され、世間から「うつけ」と見られ嫁も取れない一人息子の荘太郎は、見合いの当日、姿を消してしまうが。自選時代短篇第二集。
205586-5

さ-28-38
これからの橋 花
澤田ふじ子
二十歳で父の仇討ちに出て四十年。藩の不手際で十五年前にすでに敵が死んでいることを知らされなかった男が国に戻ってみると……。時代短篇三部作完結。
205616-9

さ-28-39
あんでらすの鐘 高瀬川女船歌五
澤田ふじ子
理不尽に京都の大寺を追放された若き医僧をつけ狙う影の正体は？ 元尾張藩士で今は居酒屋を営む宗因の鋭利な裁きと厚い人情！ 心温まる連作時代小説。
205705-0

さ-28-40
深重《じんじゅう》の橋（上）
澤田ふじ子
京を焦土と化した応仁・文明の大乱、前夜。人買い商人に十五歳で湯屋へ売り飛ばされた少年「牛」の数奇な運命。波瀾万丈の物語を新たな歴史解釈を交えて描く。
205756-2

さ-28-41
深重の橋（下）
澤田ふじ子
激戦から厭戦へと向かう応仁・文明の大乱。東軍と西軍に分かれて戦う父子を待ちうける悲劇の邂逅。底辺を這いながら生きる人々を描く著者畢生の大作！
205757-9

た-58-11
御隠居忍法 魔物
高橋義夫
十二年に一度の奉納試合に、かつて凶猛な剣で優勝した斎木源助が再び出場。陰謀めいた不穏な空気の中、立会人を勤めるは元幕府隠密の御隠居・鹿間狸斎。
205587-2

た-58-12
御隠居忍法 振袖一揆
高橋義夫
飢饉のため米が高騰し、朝から農民と穀屋が押し問答。夜には女盗賊騒ぎに続いて殺人事件が起こる。村に漂う不穏な空気。われらが御隠居・狸斎は一揆の渦中へ！
205625-1

た-58-13
けんか茶屋お蓮《れん》
高橋義夫
江戸深川の茶漬屋「万年」の名物は、気っぷのいい美人店主・お蓮と、喧嘩の仲裁。日々持ち込まれる事件は多様多彩で……。文庫書き下ろし新シリーズ開幕！
205769-2

ふ-37-9
幕末銃姫《じゅうき》伝 京の風 会津の花
藤本ひとみ
戊辰戦争末期、自ら銃を取り大砲を指揮して戦った女性がいた――激動の幕末を生き抜き、自らの手で未来を切り拓いた山本八重の前半生を描く歴史長篇。
205706-7

も-12-64
闇の陽炎衆 刺客請負人
森村誠一
謎の暗殺集団に襲われた菊姫を護るため、再び立ち上がる松葉刑部。最凶の敵と向かい合う孤臣の戦いの行方は……。シリーズ第四弾。〈解説〉細谷正充
205615-2

も-12-65
江戸悪党改め役 刺客請負人
森村誠一
幕府大老格・柳沢吉保が病葉刑部を亡き者にせんと送り込んだ刺客は、清国からやってきた異形の暗殺団・蛇囚だった。シリーズ第五弾。〈解説〉成田守正
205651-0

富樫倫太郎の単行本◇好評発売中

戦を制するは、武将にあらず

乱世を駆ける三人の熱き友情を描いた
軍配者シリーズ、絶讃発売中!!

早雲の軍配者

第一弾

北条早雲に学問の才を見出された風間小太郎は軍配者の養成機関・足利学校へ送り込まれ、若き日の山本勘助らと出会う——全国の書店員から絶讃の嵐、戦国青春小説！

信玄の軍配者

第二弾

学友・小太郎との再会に奮起したあの男が、齢四十を過ぎて武田晴信の軍配を預かり、「山本勘助」として、ついに歴史の表舞台へ——大人気戦国エンターテインメント！

謙信の軍配者

第三弾

若き天才・長尾景虎に仕える軍配者・宇佐美冬之助と、武田軍を率いる山本勘助。決戦の場・川中島でついに相見えるのか。『早雲』『信玄』に連なる三部作完結編！

◇中央公論新社◇